·散文集·

竹園書韻

侯健康◎著

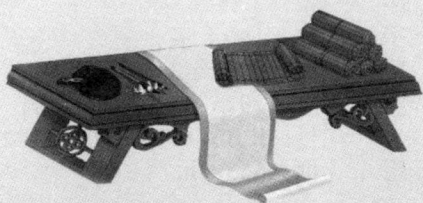

山西出版传媒集团

山西人民出版社

图书在版编目（CIP）数据

竹园书韵/ 侯健康著. -- 太原: 山西人民出版社,
2025. 3. -- ISBN 978-7-203-13822-8

Ⅰ. I267

中国国家版本馆CIP数据核字第2025S6D048号

竹园书韵

著　　者：侯健康
责任编辑：傅晓红
复　　审：崔人杰
终　　审：梁晋华
装帧设计：成都现当代文化传播有限公司

出 版 者：山西出版传媒集团·山西人民出版社
地　　址：太原市建设南路21号
邮　　编：030012
发行营销：0351 - 4922220 4955996 4956039 4922127（传真）
天猫官网：https://sxrmcbs.tmall.com 电话：0351 - 4922159
E - mail：sxskcb@163.com 发行部
　　　　　　sxskcb@126.com 总编室
网　　址：www.sxskcb.com

经 销 者：山西出版传媒集团·山西人民出版社
承 印 厂：雅艺云印（成都）科技有限公司

开　　本：880mm×1230mm　1/32
印　　张：7.25
字　　数：180千字
版　　次：2025年3月第1版
印　　次：2025年3月第1次印刷
书　　号：ISBN 978-7-203-13822-8
定　　价：56.00元

如有印装质量问题请与本社联系调换

CONTENTS 目 录

人间万象

文坛佳话

人间万象

凡尘长者

诗人臧克家说："有的人活着，他已经死了；有的人死了，还活着。"其笔下之"人"，大抵指的是不平凡之人。我尊称的"长者"，生前，他们只是很不起眼的人物，甚至为世人所不屑；死去，更像是一颗微尘似的飘落在不知归处的角落。然而，任岁月前行的流水冲刷掉多少凡尘俗事，他们却在我时光的印迹中一直闪烁着不熄的微光。

大师傅

我刚参加工作的时候，曾在一所学校任教。学校规模不大，却也有着二十几名教师和三百多名学生。而今离开这所学校30余年，虽然还与一些同事和学生保持着联系，但回想起来，真正留给我最深印象的却是一位普通得不能再普通的人物——学校里的大师傅。

大师傅即炒菜做饭的厨师，当然，厨师一般作为书面用语，或者说是有些品位的称谓。在我的老家，通常又把厨师叫作厨子，这只能说是一种民间俗称了。厨师、厨子、大师傅虽然表述的是同一种职业，但三者之间的内涵与实质还是有一定的区别。厨师一般指的是宾馆酒店厨室的操业者，厨子则是民间红白喜事之类家宴的掌勺人，而大师傅呢，就是机关企事业单位食堂做饭炒菜的师傅。

我们学校的大师傅姓刘名良凡，其个头长得有点矮小，生就一副慈眉善目的长相，没有多少男子汉的气质，倒像一个和蔼慈祥的老婆婆，多折多皱的脸，长长的下巴，说起话来，下颌像老婆婆那样翕动着。那鼻子底下、耳朵背后，还常常残存着煤炭的乌黑。只是一对圆圆的小眼睛，闪着晶莹的亮光，仿佛永远不会被灰尘和污垢所玷污。

刘师傅是个孤寂的老汉，无亲无友，无儿无女，以校为家，无论春夏秋冬，节日假日，从来没有离开过他那锅台炉灶。寒来暑往，人世沧桑，学校的领导、教师、学生，换了一个又一个，走了一批又一批，唯有他这个烧水做饭的大师傅，仍然固守在那个谁也瞧不上眼却谁也离不开的岗位。

鸡叫五更，天地正是一片混沌，大师傅便匆匆地从床上爬起来，拉亮电灯，手拿长长的铁杆火叉伸入煤火炉，鼓捣几下，霎时间，红红的火焰噗噗噗地升腾起来。这时候，他得抓紧时间把蒸笼端到锅台上，把昨晚就已经淘洗过的米粒一罐一罐地挖入蒸屉中井然有序的饭钵里去。当东方的曙光冉冉升起的时候，厨房里米饭的白雾和清香也在亮色中莺歌燕舞，满是欢腾。

可是，这只是一道工序的结束，整个早晨，刘师傅不能有丝毫的歇息，他必须得像火线上的战士一样，始终处于冲锋陷阵的亢奋状态，去攻克一个又一个战斗的堡垒。他麻利地架起大锅子，洗菜、切菜、炒菜，火速地将炒熟的菜装到脸盆或大碗里去，然后端放到大食堂的桌子上。

当时针指向 7：30，早自习的下课铃声响起，学生们一窝蜂似的涌向食堂，尽管那时候学校寄宿的学生不是太多，但也坐满了整整一个屋子。刘师傅做出的饭菜也算不上美味佳肴,却能给师生们的味蕾以浓浓的慰藉。

这样的程序,这样的步骤,延续到中午、到晚上,直至每一天,每一周,每一月,每一学期,年复一年,日久月深,这样的程序和步骤,走进了刘师傅的生物钟,走进了他生命中的全过程。

刚开始的时候,我还以为刘师傅孤单单一副老婆婆相,只知道窝窝囊囊的做死事,糊涂虫一个。可过了一段时期,我才意识到自己认知的彻底错误,我发现学校里的师生员工,上上下下,没有一个不敬佩不畏惧他的。他除了做得一手好饭菜外,还有一副倔强的脾性,无论是谁做了错事,干了不应该干的事,他都敢于当面讲,一点也不留情面,说得你怪不好意思、颇难为情的。

厨房是他的圣地,这里有他的法规,他爱惜每一块炭,每一粒盐,每一滴油,不允许别人糟蹋半点。假如哪个不自觉的人到厨房里去炒菜,用了公家的油盐,他会喊住你说个没完,声音传得全校都听得见,"公家的东西不是钱买的,由着你们揩油?"直到那人红着脸当众认错,他才善罢甘休。如此久而久之,再没有人敢到他那里去捡便宜,就是那些惯于顺手牵羊的人也是望厨房而却步。他们抱怨说,"到老刘那里弄点盐啊,比淘金子还难呢。"

刘师傅常年为师生员工烧开水喝,他任你的肚子里灌,可就是由不得哪个人浪费一滴水,要是看到哪个学生把开水倒在地上,或者用缸子里的水互相泼洒打水仗,他会冲上前去,扯着你的耳朵,直到你喊爹叫娘认出错来,说再也不敢了,他才松下手来。

有一回，校长夫人从县城来到乡下看望她的爱人，因为人家是城里的贵小姐，看不惯乡下的邋遢。屋里的衣物用开水洗了又冲，冲了又洗。老刘师傅当即把开水龙头拧住，对她说："这开水只管喝，不管洗衣洗物。"有人悄悄地提醒他，这是校长的家属，他一听，声音反而更大了，大声道："校长家属怎么了？校长家属就可以浪费开水吗？校长经常教育大家要节约学校的每一滴水，每一度电，校长家属更应该带头遵守校长的规定啊。"弄得夫人很是无趣。

刘师傅日常都是一副快活相，只是每当人们谈及老婆孩子等天伦之乐之类事情的时候，他那闪亮的眼睛里，便流露出几分迷茫，几分惆怅。因此，我们也就一般不跟他聊起家庭、儿女情长之类的事情，唯恐无意间触伤了我们所敬重的老人。

然而，就在我离开学校的前夕，学校里却传出了刘师傅的风流韵事，说是刘师傅跟村里一位寡妇好上了。就此，我刻意做了一番了解，原来这段时期，刘师傅的确经常往本村一位寡妇家里走。我想，这也是一件好事啊，为什么就不可以成全这桩好事呢？

那天晚上，我特意来到刘师傅的房间，跟他聊起了这桩美事。刘师傅眼含忧伤，艰难地启齿说："村里有一位从小一起长大的好伙伴，原来在广东打工，不幸从一栋高楼上摔了下来，断气的时候打来电话，一再叮嘱我照顾好他的妻儿。"

"唉，也实在是可怜啊，一个妇道人家，拖儿带女的，日子怎么过下去哦，我就常常去帮忙干些田里的农活。"我连忙接口说："这不很好吗，你鳏她寡，你们不正可以组成一个新的家庭吗？"

刘师傅惊愕地瞧了瞧我，连连摆手说："使不得，万万使不得，老伙计把妻儿托付给我，我怎么能打他们的歪主意？百年之后，我还有脸面去见我那老伙计吗？"

我一时无语，默默地离开了刘师傅的房间。我想，时间总会改变一切吧，时代的洪流滚滚奔涌，总有一天会把世俗的污水浊流冲刷干净。

事后不久，我就调离了那所学校，奔赴新的工作岗位。一晃30多年过去，听说刘师傅已经作古，可是他那踏实苦干的形象，他那善良耿直的性格，却一直成为我心中的念想。

唐　公

一个天幕低沉细雨飘飞的日子，我终于伫立唐公的坟前，点燃一炷袅袅的香火，了却一桩我积郁已久的心愿。

唐公曾是民国时期的一个小吏，新中国成立后在一所高校任教，因其学术观点引起非议，被发落到我的老家那个偏远的山村。好在唐公行武出身，历经钢火的锤炼，虽显清瘦，身体素质却是极其硬朗，就是凛冽的寒冬，亦可只身跳入三米多深的河流游上个把小时；酷暑炎热，炽如烈火的太阳底下，滚烫的晒谷场上，穿一条短裤，来回翻耙着稻谷，任裸露的脊背炙烤得放射出黑黝黝的亮光。

唐公嗜烟酒，每顿可喝上一斤半左右，堪称海量；至于吸烟，手里头那个牛骨雕琢的烟斗几乎时刻不离，缕缕升腾的烟雾中常常映衬着他那深邃的目光和沉思的剪影。唐公性情豪爽，胸怀豁达，博古通今，极善言谈，说话幽默风趣，且好唱京剧，声调圆润高亢，声情并茂，颇有威震一方之气势，身处逆境亦禀性难移。

唐公的形象是一个典型的知识分子形象，酷似当年风行一时的电影《决裂》中讲"马尾巴功能"的孙教授，鹰鼻高额，稀疏的发丝向后梳理得很是整齐，走路时上身微微前倾，脑门向前一钩一沉，好像时刻都在思考着一些重大的问题。

唐公下放到我们大队不久，因其特殊的性格及形象特征，几乎蒙上一层神秘的色彩在全大队传颂，虽然其头上戴着"反动"的帽子，却颇受社员的尊敬与爱戴，一见面都客气地尊称他为"老唐"。姓的前面带个"老"字，当时在我的家乡是一种非常客气的尊称，一般是见过世面、有点身份、有点知识修养的人才够得上这般称谓。因此，平常生产队里安排农活，只是安排一些放牛、晒谷之类轻活让他干。对他的生活也颇有一些照顾，村人中哪家酿酒，都要给唐公送上一两壶。

每当夜幕降临，文化生活极为单调贫乏的社员们，便聚集到唐公的屋里，听他唱京戏，听他讲《薛仁贵征东》、梁山泊一百零八好汉之类百听不厌的故事。记得当年唐公唱得最好的一首京戏是《智取威虎山》中杨子荣唱的"打虎下山"，唱的时候，摇头晃脑，手舞足蹈，气势豪迈雄壮，村人无不啧啧称赞。

那时候，村里的读书人不多，文化水平大都不高，许多青年农民便向唐公求教，唐公总是不厌其烦，耐心传授，有两位好学的小伙子，经唐公耐心辅导，从文盲走向了大队会计的岗位。

唐公与社员们就像一家人，即使由于他生性的豪放幽默，出于他的身份说过一些过激的言辞，村人也从来不予计较。一次，唐公从衡阳城里探亲回队，一做油漆的匠人问他："老唐，衡阳的形势怎样？"唐公诙谐地调侃道："形势大好啊，只是打死一个人，先打三枪，后打四枪，打死七枪（谐音：漆匠）。"此话后来被好事者捅到公社领导那里，领导以攻击谩骂贫下中农为由，指令大队对其批斗。可那漆匠仗着"贫农根子"的背景，挺身而出为唐公辩护，大队也极力将此事淡化，终于没能让批斗会开成。

但无论怎样，在那物质生活极为贫乏的年代，农民自身温饱难保，对唐公的关照毕竟有限。唐公只好尽量克制酒瘾，向农民学习种些蔬菜，尚可饱饥度日。可这烟瘾却怎么也控制不住，每月家人给他寄上 8 元钱生活费，几乎全买烟了。后来，大队安排他看守烤烟场，他就把那些残留的烟叶拾起来吸。可没过两年，烤烟场撤了，唐公实在没钱买烟，要抽烟了只好摘干梧桐树叶吸，直呛得咳嗽不已。村人见之，莫不扼腕唏嘘："国家为何把这样好的人才放到我们这个僻壤的山里来啊！"

生活清苦倒还能熬，最痛苦的莫过于精神上的凄凉和人格上的屈辱。刚下放的头两年，逢年过节，唐公总还要回衡阳城里与家人团聚，可后来，一年到头，几乎很少见他回家。大年三十，万家灯火团圆，唐公却孤苦伶仃地空守草房，清茶当酒，独自啜饮，两行清泪洒落桌面，他有家难归啊。据他自己透露，那年头虽说他的家人没有与其划清界限，可回到家的那份冷遇以及邻居的白眼实在让人寒心。即使回到家里，他也只是独自住在一间狭小的房子里，像关禁闭似的，一天到晚不便出门，他又何必回那个家，好汉做事好汉当，不连累家人罢了。况且，假如唐公只是一位思想简单、知识贫乏的人，光脊背曝晒、吸梧桐树叶这类事，或许尚可随遇而安，在心灵的轨迹上也不会留下太多的伤痛。可唐公，他是一位高级知识分子啊，在他豁达豪放的外表下，能不感到这种生活的折磨是人格的屈辱、尊严的沦丧吗？他的心灵该要默默承受多么沉重的负荷啊！难怪那些年，烟酒是他的命根子，没有烟酒伴随他孤苦的生活，他又如何打发那一个个凄惶的日子呢！

当时作为大队支书的我的父亲，虽然并不完全懂得尊重知识、尊重人才的大道理，但与唐公的情谊却非同一般，多次顶住压力拒绝组织对其批斗，也从未安排什么重活让他干。大队成立文艺宣传队、办宣传栏、书写标语口号之类文化活动，父亲总要委以唐公重任。这在当时，在我们那个偏僻的山村里，唐公总算有一些用武之地，得到一份精神上的补偿。每年春节，父亲总要借些钱给他，却从不提及偿还之事，还要嘱咐哥请唐公到我们家吃一顿饭。唐公平反的手续，也是父亲协助办理的。所以，唐公对我们家怀有深厚的感情。返城前夕，他专程上门辞谢。

回城之后，唐公打听到我想进个好一点的高中学校读书，当即写信将我引荐到衡阳师专附中。刚去的几天，没有安排好住房，他自己每晚睡在躺椅上，把床腾出来让我睡，我于心不忍，他却托词说："夏天睡躺椅比睡床上舒服。"后来因家乡招考教师，我最终没留校久读，但唐公为我付出的心血，我永远铭记于心。

自此一别，虽与唐公通过两回信，却再没机会拜见他。只是偶尔打听到他老人家身体尚好，烟酒都戒了，虽已退休，仍留校任教，为祖国培养人才，披肝沥胆，呕心沥血。21世纪初，得知唐公终因积劳成疾，躺倒在"三尺讲台"，走完了他坎坷曲折的一生。当时听到这个消息，我真想插翅飞往唐公灵前，献上我一份沉痛的哀思，终因公务缠身，路途遥远，未能如愿。

唐公啊，今天，我终于来到您的坟前，请接受我一份迟到的敬挽，一份永恒的缅怀吧！

传达老雷

鄙人不善交际，当初调来市里工作年余，百十号人的局机关，能够叫出同事名字的恐怕还不上1/3，要不是搞的人事工作，或许就更少了。而对于传达室的老雷，却一见如故，其音容笑貌可谓刻骨铭心。

这当然缘于我这爬格子的嗜好。要知道，大凡喜欢弄点文墨的人，读书看报乃一日必修的功课，邮件也特别的多。这便决定了老雷必然成为我最熟悉而又打交道较多的人。

记得第一次到传达室去查询信件，正好看到一位老同志在分发报刊。他六十来岁年纪，身穿一套蓝色哔叽尼中山装，稀疏的头发中夹杂着银灰色的发丝，慈祥的面容流露出老人的朴实和憨厚。见我走进屋来，老同志带着谦恭的微笑向我点了点头，随后问我是从哪儿调来的，家在何处，分配在哪个科室工作。他那和蔼亲切的话语，使我初来乍到一个新单位的陌生和孤单顿时消失殆尽。

我一一回答了老同志的问话，也侧面地了解了一些他的情况。老人告诉我，他姓雷，担任了近四十年的乡村教师，早几年退休回家后，被市里这家单位返聘过来搞传达。

随后的日子，由于我的家属暂时还没有调来市里工作，写作之余，传达室常常成了我小憩的去处，老雷也成了我孤单时的友好伙伴。

当然，对于我们搞点创作的文人来说，毕竟大多的时日还是花在爬格子的苦差上，每天去一两次传达室也不过取取报纸、查查信件而已。

本来，我们单位的邮件都是由传达室每天早上直接分送到各个科室的，缘于先睹为快的迫切心理，我总是在前一天晚饭后就到传达室去取。老雷总是热情地接待我，从不因为我一个人的特别打乱他的正常工作秩序而产生厌烦的情绪。长此以往，老雷与我似乎达成了一种默契，只要看到我进传达室，无论是正在吃饭还是在做着一些杂事，他都立刻放下手中的饭碗或丢下手里的活计，打开办公桌拿出为我分好的报刊和信件。

有时候，我有点于心不忍，便说："您老吃完饭再拿吧。"老雷却极为谦逊地回答说："怎么能耽误你的时间呢。"

因我不时有些拙作见诸报刊，也就八九不离十地有那么两三百元的汇款单寄来。老雷把这些汇单送到我手里的时候，心里头颇有几分羡慕，常眯缝着眼睛笑嘻嘻地对我说："你要请客吧。"

我接过汇单也很客气地回答："当然、当然，可说起这可怜之极的熬红了眼睛的血汗钱，还抵不了人家当官的一顿误餐费呢。"

老雷却为我辩解说："你这个钱来得干净，来得光明正大嘛。"想来也是，心里便多出几分坦然。

那年第三期《当代警察》发了我的一篇纪实文学，编辑部寄来一笔数目不菲的稿酬，我想这下真该表示表示了。可是，当我买回来些水果之类送到他跟前的时候，老雷却一个也不愿尝尝，连连摆手道："开玩笑的，开玩笑的，给你传送邮件是我应尽的职责，怎么能吃你的东西呢。"在我的一再劝说之下，他才挑了一个最小的苹果。我把买来的东西全部丢到传达室，他却硬是送回到我的宿舍，搞得我也着实难为情。

今年春节过后，我有点困惑，逢年过节的，儿女们要接老雷回家过节，他却自愿留在机关，这当然说明了老雷高度的事业心和责任感，但我总觉得他应该顾及人之常情，回去看看老伴。但老雷却很少回家，也从未看到他老伴来过。我曾冒昧地向他问起此事，老雷没有回答我，只是那和善的目光中流露出几丝淡淡的忧伤。

后来，同事告诉我，还在老雷三十来岁的时候，他的妻子就因病去世了。在以后漫长的日子里，为了寄托对贤妻的哀思，也为了不让孩子受到后娘的委屈，他回绝了一个又一个踏破门槛的说媒人，以牺牲自己的幸福作为代价，把全部的爱心倾注给了他的学生，倾注给了他幼小的孩子。

二十多年的单身生活，这期间该要忍受多少孤单寂寞，经历多少世事沧桑啊！

一直到孩子成家立业，本人退休故里，老雷才偶尔应承了一些说媒的同事和朋友。可是，过了这座山就难找那个店了，几年下来，总是没有遇上自己合适的人选。

直到前些天，我才欣喜地得知，又有人为老雷当起了月下老，介绍的对方是一位丧偶的农村妇女，勤劳朴实，心地善良。见过面之后，老雷的心里总算有了一线谱了，渐渐地进入了黄昏恋的境界。

我真为老雷感到由衷的高兴，但愿这美好的黄昏恋情能给他带来人生的第二次春天，我虔诚地为他祝福！

刊发于 2025 年第 1 期《民族文汇》杂志

花样盛开

乡村振兴，仿佛一夜春风吹遍神州大地，荡涤着千山万水，温暖着千家万户，融入人们生活中的点点滴滴。她不仅带来乡村整体风貌的改观，更是农村社会板块及农民生产生活方式质感深处的历史性变革。正如一首歌中所唱道："我像风一样吹来，你像花一样盛开，我们的时代，是信仰和爱，这心中永恒的期待。"

十分钟到

老家有栋房子，母亲健在的时候，我们每隔十天半月就要在那住些时日。自从母亲93岁那年离开这个世界，老家的房子便落得一份寂寞。

这个深秋，我从工作岗位退居二线，工作也便相对地轻松些许，至少双休日再无那不期而遇的电话召唤，便对妻子说："我们休个年假吧，到乡下去住些日子。"

妻倒乐意，只是有些顾虑："这些年农村的环境大有改善，就是这购物还太不方便。"

我说："多带些物资过去，反正我们住的时间也不会太长。"

抵不住我的怂恿，妻便欣然答应，做了些物资准备，购置了一个星期的食材，第二天便驱车直奔老家。

走进老屋的家门，倍感亲切，就像远方的游子回到了母亲温馨的怀抱，漂泊的灵魂顷刻找到归处。虽然我们已有很长时间没有回到老屋，可住在农村的大哥帮我们把屋子打扫得干干净净，我们只是稍加收拾，就安顿下来。

当天下午，听说我回到了老家，许多亲友和乡邻纷纷赶来看望。大家说说笑笑，脸上洋溢着春天般的温暖。城里乡下、远亲近邻，新闻趣事絮絮叨叨说个没完。

妻子历来对乡亲们很热情，生怕哪点不够周到而让人家背后说我闲话："当了官就忘本，嫌弃农村的老乡。"其实，我才多大的官啊，可村里人以为，只要你出去拿的是国家工资，替公家做事，你就是一个官。今日我回归故里，亲友乡邻前来看望，妻子很高兴。因此还在大家说笑的时候，她就开始准备晚餐，这到了吃饭的时间，自然得留着大家吃了晚饭再走。

乡亲们也不客气，自己拿碗摆筷，自己端菜装饭。我开了一瓶老烧酒，那喝酒的人就坐在凳子上，慢腾腾地一口一口地抿着。不喝酒的就坐的坐、站的站，挤挤挨挨围拢一大桌。站着吃饭的人只能从坐着人的夹缝中或他们的头顶两三次把菜夹到碗里，这一不小心就把菜掉到了人家的头上。那人也不生气，甜甜地骂一句："没长眼睛啊。"夹菜的人接过话道："谁叫你一个人把菜吃了，城里带来的菜好吃啊。"就这样戏谑和调侃，大家高高兴兴，就像吃年夜饭一样热闹和喜庆。

夜幕开始降临，乡亲们也渐渐地散去。我和妻却有些犯愁了，原本打算吃上一周的食材，这才一天下来就吃得差不多了，鸡蛋蔬菜倒不用担心，这家亲戚给点，那家邻居送点，够我们吃的。可也不能总是吃鸡蛋蔬菜啊。

大哥似乎看出了我们的心事，对我们说："你们以为还是早几年啊，现在农村购物方便得很，只要你打个电话，要什么有什么，10分钟送到。"

我还有些不太相信，好奇地问道："有这样的好事？"

大哥接着说："你在市里当干部还不懂啊，现在的物流四通八达，镇里有配送中心，村里有配送点，物资丰富得很。只要你有需求，快递小哥立马送过来。"

我根据大哥给我提供的电话号码，当即给村物流配送点打了电话，一个姑娘清脆悦耳的声音传了过来："您好，需要我们为您提供什么服务？"

我点了猪肉、鲜鱼、牛奶之类，告知了送达的地址。没承想，不到10分钟，一个身穿深蓝色工作服的快递小哥就骑着摩托来到了我的家门。我看了看鱼和肉，还非常的新鲜。

接过快递小哥送来的物资，给他倒了一杯热茶，便有意无意地跟他聊起农村快递的事情。

小伙子告诉我，他是镇邮政所招聘的投递员，过去的投递员就送些报刊信件和汇款之类，这些年有了手机微信，信件汇款几乎没有了，就增加了快递业务。从去年开始，全省实施乡村振兴"快递进村"三年行动计划，每个乡镇都建起了物流中转站，每个村都设立了物流配送点。说到这里，他颇为自豪地跟我说："您看我们送达的速度快不快，不亚于城里的某团吧？"

快递小哥的话语勾起了我的一段难忘的回忆，也是久藏于我心中的一个永远无法弥补的遗憾和伤痛。那还是2004年的夏天，我的父亲身患重病医治无效，转回老家休养。父亲弥留之际，提出想吃那种落口溶的冰激淋。可在当时，农村还没有实施电网改造，供电很不正常，农村家庭几乎还没有人家购买冰箱，想吃冰激淋只有赶到离我们家 30 多里路远的攸县县城去买。我立即叫了一辆摩托车，托人拿着暖水瓶赶往攸县县城。可是，父亲终究没有等到去攸县的人买回冰激淋，他就永远地离开了我们。这是父亲一生当中向我提出的唯一要求，也是我唯一一次没有满足父亲的心愿。此刻回忆起来，还让我唏嘘不已泪流不止。

听了我的讲述，快递小哥欣慰地跟我说："现在好了，老人们想吃什么我们就配送什么。"他还说到，现在有很多年轻人在外打工，家里老人没人照顾，他们就委托物流配送点每两天给老人送一次物资，物资送达的时候，还现场视频，顺便给儿女们报个平安。许多外出打工的人称赞快递小哥，不仅是农村老人物资的供应员，还是农村老人的保护神。

说到这里，小伙子踩动摩托车的油门，跟我告别："我不能跟您久聊了，我还要送单呢，而今农村物流市场的竞争也很激烈，国家商务部门支持农村兴建农家超市，供销部门打造农村电商 e 平台，许多民营企业也把目光瞄准了农村物流市场，乡村振兴的大浪赶着我们往前走呢。"

"咻——"，这摩托车发动的声音，就像一只猎豹的奔跑声，让人感到速度和激情，更让人感到震撼和兴奋。

稻米香

湛蓝的天空，几朵淡淡的白云在静静地游走，映衬得天空更加高远。蓝天下，是一片金灿灿的稻田，在太阳的照射下，放射出耀眼炫目的光芒。沐浴着这秋日里和煦的阳光，我走在乡间的田坎上，望着那层层稻浪，心情格外的清新和温暖。

在稻田边，我看到站着一位 60 多岁的老农，哦，这不是我们的爱国大伯吗？只见他身子佝偻，脸膛紫黑，胳膊黝黑，手上布满老茧。此刻，他望着眼前那沉甸甸的稻穗，眼神充满着读一本大书时的沉醉与愉悦。

我连忙走了上去，与爱国大伯打过招呼，话题很快就聊到眼前的稻谷，聊起他那些种田的往事。

多少年来，村人一拔又一拔地离开了土地，走出了村庄，走向了城镇，奔赴广东、江浙，而他，却坚如磐石般守护着这片土地，亲近他的粮食。

谷贱伤农的年代，面对粮价不涨而农资飞涨的尴尬，他买不起化肥、农药，只能是靠有机肥来耕种，靠灯蛾扑火的土法来获取微薄的收成。

也有过好几次，当外出打工的村人们，提着大包小包从城市归来，那份靓丽与纷呈，那份幸福与满足，也曾让他心旌摇动。然而，看到那一丘丘撂荒的土地，看到那土地里疯长出来的蒿草，他的心里就像有辱祖宗和神灵般的愧疚，他的心口就像丢掉了命根子一样的疼痛，最终，他还是留了下来，与这片土地相依为命。

早几年前我就听说，也有外出打工的村人找到爱国大伯，对他说："只要您把我的承包地种下来，不让它抛荒就行，不收取您一分钱租金。"于是，他就像捡拾垃圾一样的把这些人家的土地拾掇起来，默默地守护和耕种。好在政策一天一天好起来，取消了农业税，有了粮食直补，再后来有了农机具购买补贴，他便狠下心，拿出多年来的积蓄，又在银行贷了一笔款，买了一台耕整机、一台插秧机、一台收割机。这下子，劳动量大大减少，他不仅在自家和村人撂荒的责任田里深耕细作，而且从村人那里另外流转了 60 多亩土地，在更宽广的空间播撒他的心血和汗水。

你看，这一天，时令已经进入收获的季节，就像进行了一场持续战役即将迎来胜利的庄严时刻，爱国大伯来到田边，面对那一兜兜、一丘丘、一片片，像士兵一样低头弯腰向他行鞠躬礼的稻穗，他像将军一样的自豪。

正当我与爱国大伯聊得正欢的时候，迎面走来了他的老搭档，也是我所尊敬的德刚大叔。德刚大叔 50 多岁的年纪，身材比爱国大伯显得高大，浑身肌肉充满着活力。他跟爱国大伯一个性子，一根筋，认死理，一辈子守望家乡，一辈子与粮食打交道。只是他们从事的是两个不同的领域，爱国大伯从事的是谷子的生产，德刚大叔从事的则是谷子的购销。

说起谷子的收购，德刚大叔与我讲起了一段刻骨铭心的记忆，他说让他至今想起来还有些不寒而栗。那还是他 18 岁的那一年，当时国家还在实行粮食统购统销政策，他偷偷地拉了一拖拉机粮食，从湖南贩运到广东边界销售。路上被工商所逮个正着，工商所与派出所联合执法，关了他一天的黑屋子，差点作为投机倒把分子被送进牢房，多亏家人亲戚托关系找门路，罚了一笔款才算了事。

这之后，德刚大叔老老实实过了一年安分的日子，可心里头那份对于粮食的眷恋，却一直萦绕于怀。好在改革开放纵深推进，粮食市场很快就全面放开，德刚大叔又心心念念地做起了他的谷子生意。开始还有点束手束脚，慢慢地，就放开胆子大干起来。这二十几年下来，他的粮食生意越做越大，手头常年联系的种粮大户就有 500 多户，粮食生意做到了广东、广西、云南、湖北等十多个省市，许多国有粮食储备库都从他的手头调购粮食。

说到这里，德刚大叔还颇感自豪地告诉我，他女儿中专毕业，放弃沿海的工作，回来协助自己负责粮食购销物流派送业务，每个月的提成收入就达四万多块。

俗话说，两个先生凑到一块说教书，两个农妇凑到一块说养猪，两个跟谷子打了一辈子交道的人，凑到一起自然离不开稻谷的话题。爱国大伯是德刚大叔的老客户，德刚大叔则是爱国大伯的经销商，两个合作了几十年的老朋友，莫逆于心，情同手足，互相都非常信得过。今天德刚大叔来找爱国大伯，一是来察看稻谷的成色，确定收割的具体日期；二是来商量明年的种植计划，谋划增加优质稻的种植面积，提高大米品质的事情。

我在旁边也不时地插话道："你们的设想好啊，现代人的日子过得越来越好，对粮食的生态环保多有一些讲究。"

德刚大叔说："是啊，正因为这样，我们要进一步改变耕作方式，拿出更多的稻田做实验，不施或者少施化肥，专施有机肥，不洒农药，生产有机生态粮，让大家吃上生态米、放心米，这样销售的价格才能上得去。"

对于爱国大伯来说，这不是多大的难题。那年农资涨价，他就是采用这种方式耕种，打出来的大米不仅出米率高，而且光滑细腻，米质可靠。而今只是在传统耕作的基础上适当加以科学的改进，推进机械化操作，但变中有不变，在化肥和农药的使用上，进行合理的调剂，就可以大面积试种。去年，爱国大伯就特意腾出了 10 亩地，不施化肥，专施有机肥，利用人工和鸭群捕捉害虫。收割下来，亩产粮食少了 100 多斤，但大米的价格却由两块上升到八块多，10 亩稻田打出来的谷子加工成大米，走货快，不到一个月就销售一空，收益比常规种植翻了两番。

这些年来，德刚大叔和爱国大伯牵头，联合当地种粮大户，成立粮食生产加工销售合作社，在保证粮食总产的基础

19

上，扩大生态粮的种植面积，又集资入股办起大米和食品加工厂，建起村级电商平台，开辟云服务通道，产品通过线上线下两条渠道走货。他们加工的农副产品，特别是生态米走进了城乡居民的千家万户。

当天下午，德刚大叔特意给我送来一包他们生产加工的"振兴牌"有机生态米，让我品尝，做一些宣传推介。妻子当即打开包装煮了晚餐，煮的过程中，满屋子的米香扑鼻，煮出的饭粒口感细腻、清爽、香甜可口。妻说，吃这种米饭，不要菜，也能吃上两大碗。我想，古时候献给皇上的贡米也不过如此吧。

习近平总书记说，要把饭碗牢牢端在自己的手里；《论语》云：民以食为天，国以粮为本；《淮南子》曰：农夫之食，胜于百金。总书记的指示和中国先贤的千古名言，无不阐释着粮食的神圣和庄严。

我们的时代，正是有了爱国大伯、德刚大叔这些执着于粮食的农民，我们的餐桌，才有永远飘香的稻米，我们的国家，才有了社会太平的盛世年华。

晚霞情

傍晚时分，白日里火红的太阳渐渐地向西山落去，余晖放射出绚丽的色彩，给绿色的山岗、田野、菜地披上润红色的蝉衣，天地浑然一体，透着无穷的宁静和安逸。

随着晚风的轻拂，村里的人们大多吃过了晚餐，洗去一天的尘土和劳累，三三两两地走向乡村马路，嗅着泥土的芬芳和庄稼的清香，一边舒缓地向前迈步，一边说说笑笑，享受着一天中最安逸的时光。

这是一支固定的老人队伍，他们每天在固定的时间，行走在这条固定的路线。自从村里修起了水泥道路，安装了乳白色的路灯，这支队伍逐步壮大，形成了夜色阑珊下村庄里一道亮丽的风景。

在村里的日子里，几乎在每天的这个时辰，我便融入这支队伍当中，行走在霞光下的绿色通道，听民情，察民意，享受着村庄自然和淳朴民风赋予我人生的岁月静好。

在这支缓缓前行的队伍中，我发现，有位长者特别的引人注目，他不时地亮着高亢的嗓门，说起外地听来的新闻和村里的奇人趣事；不时引吭高歌，用沙哑的声音，唱着带着泥土风味的曲调，让人阵阵陶醉。你看，他又玩起了新玩意儿，引领大家拿出手机，"啪啪啪"，拍下这绿色大地沐浴着晚霞的美景，分享到朋友圈，发送给远在他乡打工的儿子儿媳，遥寄一份家乡的思念和慰藉。

这个长者就是被大家称作"乐天派"的俊吾大叔。他今年69岁，搞大集体的时候当过生产队长，颇受村人的爱戴和尊重。包产到户以后，浑身有使不完的力气，但在那一亩三分地里，没日没夜地使劲，却也刨不出几颗银子来。于是经朋友介绍，带着一家子去了福建一家工厂打工，一干就是二十多年。手头有了一点积蓄，厂里也为他们打工人员交了社保。过了65岁，实在忍不住对家乡的思念，便带着老伴回到了故乡的土地。现在，他每月可领取1800多元的养老金。虽然1800多元对于城镇职工来说，显得低了一点，但俊吾大叔却很满意，连连说"够花了，够花了。"

谈起农村养老的感受，俊吾大叔乐呵呵地说道："农村养老好啊，空气清新，环境幽静，喝的清泉水，吃的放心菜，我现在每天侍弄侍弄小院子，养养鸡，种种菜，1800 元根本就花不完，这样的好日子是我过去想都不敢想的事情。"

问起村子里还有多少个像他这样城里打工交了社保回乡养老的老人，俊吾大叔掐指数了数："我们一个生产队就有三四个。"

是啊，他们是中国改革开放后第一代外出打工的农民，他们为城市的发展流血流汗，而今大都过了 60 岁，本可以跟着儿女在城市安家养老，但叶落归根的思乡情结让他们又从城里回到了农村，领着薄薄的养老金，却生活得非常的富足，非常的惬意。时光不老，今生无悔。

那么，村里原住的老人，或者说，在外打工时间不长又回到村里的老人，他们的生活状况又是怎样呢？

这不，在熙熙攘攘的散步人群中，走过来一对老年夫妻，原来是建军大伯两口子。早年他们夫妇也曾在广东打工，后来因为建军大伯突发脑溢血，正如他自己所说："差点要了老命。"虽经及时抢救活了过来，但因中风落下了腿疾的后遗症。工是打不成了，只有携妻回到了家乡，生活便变得异常的艰难。村里了解到他的情况，及时地为他办理了低保。过了几年，儿子长大了，在广东一家物流企业搞运输赚了些钱，盖起了新房子，村里便根据相关政策取消了他的低保待遇。但是，他的实际情况一直让村里惦记着，村干部带他到县人民医院做了体检，依据残疾等级为他办理了残疾证，这样，他每月又可以领到残疾补贴。过了 60 岁，夫妇俩每月都可以领到养老金。更让他高兴的是，村里每年都组织他们体检。去年，又给他办理了特殊门诊，看病买药基本上不要花自己的钱了。过去在城里打工得不到锻炼，现在夫妇俩每天从事一些轻微的体力劳动，每天随散步的人群一起走走，谈笑风生，生活轻松愉快，心情愉悦，血压降下来了，血液畅通了，身体状况也比以前好多了。这位 40 多岁就被人称为"小老头"的人，而今已年过七旬，身子骨却硬硬朗朗。他颇具自信地说道："原来以为自己有个 60 岁就谢天谢地了，现在看来活个 80 岁都不成问题。"

接着建军大伯的话茬，大家就农村老人的养老金问题议论开来，有的说："农村老人领取的养老金相对于城里人来说，也实在太低了点。"也有的说："生活在农村，喝水井里打，吃菜自己种，养几只鸡，喂几条鱼，买荤菜也花不了几个钱，就是病了医药费有新农合报销，养老金也够用了。中国这么样一个大国家，农村人口那么多，一下子把养老金发到位，政府财政也有难处啊。"

多么淳朴善良的人民，多么真诚实在的话语啊！农民不在乎钱的多少，因为他们太感动于被重视和关怀的温暖。我们何曾忘记，在祖国建设处于极其艰难的岁月，中国农民把青春和热血献给了脚下的土地，是他们出苦力、交公粮，支援城市建设和工业发展，他们劳苦功高功德无量啊！而今他们老了，在"工业反哺农业、城市支持农村"成为时代主旋律的时候，还只能享受到微薄的养老金，他们却能理解地方财政的困难，将心比心地为党和政府分忧，这是一种多么朴实无华、坦荡无私的品格啊！

散步的队伍继续向前慢行，我们谈论着，说笑着，不知不觉来到了"村新时代文明实践站"，这是村委会根据上级统一部署建起的村民活动场所，有医疗室、图书室、娱乐室、运动场等活动点和设施设备，要说早几年这些场地设施只是偶尔对村民开放一下，那么自从去年开始，得益于村里一位乡贤的加盟，才使得村文明实践站放射出了时代的光彩。

这位乡贤叫刘平，土生土长的本地人，中专毕业后就去了广东东莞打工，二十多年的摸爬滚打，终于有了自己的事业、自己的公司。

去年初的一天，刘老板回家乡探亲，村容村貌的变化令他感慨不已，大加赞叹，但偶然见到的一幕也令他心神不宁、牵肠挂肚。

那天，他像往年每次回乡一样，准备了红包，买了些礼品，去看望本村 80 岁以上的老人。当他来到刘娭毑的家门时，却看到大门紧闭，鸦雀无声，已是上午 11 点多钟了，刘娭毑为什么还没开门呢？他敲了敲门，又大声叫了几声，屋里终于传出来微弱的回音，等了很久，老人才起来把门打开。问她做中饭了没有，老人说早餐还没有吃呢。

一丝痛楚立刻涌上刘平的心头，肩膀都战栗起来。他轻轻地搀扶着老人坐下，一打听，老人已是 81 岁高龄，儿女们都外出打工了，她一个人孤苦伶仃的住在家里，常常是一日三餐糊弄地应付。刘平也知道，并不是儿女们不孝顺，只是为了养家糊口，不得已而为之啊。刘老板安抚了老人，一个新的设想也在脑海滋生。

当天，刘老板找到村支书，表达了回乡投资兴办老年康养事业的构想，村支书听了刘老板的设想，连连拍手叫好，"我们还正寻思着开展引老乡、回故乡、建家乡的乡贤行动呢，你啊，就在这项行动中带个头吧，我们欢迎你啊。"

不久，刘老板就把东莞的实业交给妻子打点，自己毅然决然地回到家乡投身到老年康养事业的发展。

他与村委会达成协议，在村文明实践站的基础上拓展服务项目，加固了娱乐运动场，建起了村医疗康养中心，办起了村老人食堂，凡 70 岁以上老人在食堂就餐按半价收费，80 岁以上老人免费就餐，一般老人在这里出上三至五块钱，就能吃到可口的饭菜。有时食堂还安排专人将饭菜送到老人的地头和家里，让老人们按时吃到热乎乎的饭菜，更让外出打工的儿女消除后顾之忧、心头之患。

你看，来村文明实践站的人真多啊。每当夜幕降临，晚霞映红大地的时候，人们更是从四面八方走来，唱歌、跳舞、做操、看电影、读书报，灯光在四周闪烁，歌声在上空萦绕，这哪里是一个偏远的村庄，分明是城市里一个喧腾的广场。

曾几何时，"留守老人""空巢老人"这些关于农村养老现状的描述，透露出农村老人几多的辛酸与无奈。而今，城乡一体化社会保障体系逐步建立，乡村振兴的大潮一浪推着一浪往前涌，农村老人那份辛酸与无奈逐渐成为永恒的过去，而那轮映照在绿色土地上的晚霞，却更加绚丽多彩，令人心驰神往。

全文刊发于 2024 年 1 月 15 日《衡阳日报》"迴雁"文学副刊，第一节《十分钟到》以《快递进村》为题刊发于 2024 年 3 月 22 日《人民日报》"大地"文学副刊，第三节《绿土地上的晚霞》刊发于河北省文联 2023 年第 11 期《当代人》杂志

乡土脊梁

乡土似乎总是以贫瘠与落后呈现于世人的面前，而乡土文明却与土地里的庄稼一样，年复一年、生生不息、欣欣向荣地往上生长。在这方土地上，有这样一批亲近者，他们平凡而伟大，似坚挺的脊梁，撑起了乡土这方沧桑的天空。

老支书

我一直力图以不含偏见的立场去审视老支书的言行，思索他人生的潇洒与凝重。然其结果却始终难能摆脱困惑的桎梏。今年春节，我一踏上故土，便拜访了老支书。这是一间被葱郁的松林包围着的杉皮小屋，屋子低矮森严却洋溢着暖烘烘的热气。村民们曾经告诉我，老支书自从退休以后，便卷起铺盖带着染满白发的老伴在儿女们的怨懑声中住进了这偏僻的所在。据说这是在乡党委宣布让他退休时娘们般落下一颗晶莹的老泪后提出的唯一要求。这自然有让人们理解的缘由，那片林子是老支书带领村民共同用血汗播种业绩的见证，与林子共度人生的夕阳红是对他心灵莫大的慰藉。但竟将多半辈子常守空房盖冷被的老伴也带到那孤寂的所在，不能不令我费解，老支书可从没想过要把生命的缆绳拴在妻儿家庭的港湾，总觉得小村千多号山民有一种神秘的诱惑向他昭示。同辈的老汉为此拇指高翘跟他开玩笑："年少不陪婆，老大年纪却要秤不离砣公不离婆，真是老馆子老功夫好啊。"我也戏谑地问起个中原委，在长长的酒嗝中老支书尴尬一笑："唉，人啦，说不清。"

透过老支书轻微的颤音、复杂的面部表情，我幡然醒悟原本早应该明了的：老支书只是一个普通人。这种普通人最突出的特点就是无能力支配现实而只能接受现实的支配，坚信领导者的品格和诺言，笃信现实主导思想的指导和教化。基于这种原因，我总是把老支书走过的人生旅程看得过于荒唐，而忽视了他作为一个算不上几品芝麻官的基层干部在本质上所具有的优秀品质。

情绪的风撕开我记忆的封皮，往事如潮汹涌而出。十余年前，正是收割季节，粒粒金谷酩酊大醉俯首主人。上头三令五申确保粮食颗粒归仓，严禁鸡鸭糟蹋，但自私的基因总让某些村民把鸡鸭赶入稻田肆虐。有的干部建议干脆在田埂上放药，不听打招呼的毒死鸡鸭责任自负。老支书听了，连连点头说："鸡屁股是农民的小银行，油盐酱醋全靠它，毒死一只鸡鸭造多大的孽啊！"他对大家说我自有办法。翌日清晨，地面尚在一片黑蒙蒙的笼罩中准备迎接光明，老支书趁此时分把自家两只"洋鸡婆"捉入稻田。天边放亮，村民都出工了，当他们发现老支书的两只母鸡正在稻田啄食谷粒时便大声咋呼。老支书一言未出捡起石头直朝鸡婆呼呼扔去，两只活蹦乱跳的生灵顷刻命归西天。老支书手提死鸡当众宣布：今后凡有人放鸡入田一律照此处理。在场人无不肃然起敬。从此，再也无人放鸡入田了。

当时在场的我，自然对老支书这种坦率无私佩服得五体投地，但当我了解到事情的来龙去脉以后，那原本根基不牢的敬佩顷刻被哭笑不得的情感取代得一干二净。我今天才渐渐明白，这正是普通人为官所表现的真正男儿的襟怀和品格，中国农民朴实憨厚的基本特征在老支书身上得到印证，这也是老支书这号普通人的伟大之所在！有了这一深层的领悟，对于我多少年来积郁在心中的那个奥秘也就不攻自破了。

那事发生在很难让人理解的岁月，工作组的一位领导干部召集村民开会，要求大家背诵伟人"语录"，背诵条数张榜公布，看谁名列榜首。我自诩喝过墨水脑子聪明，跃居高榜成竹在胸。然而，在我力挫群雄进入决赛圈的时候，却遇上了一个我原以为定能轻而易举地战胜的强硬对手，他，就是老支书—— 一个仅仅上过几晚夜校的老农民。在我们远远拉开第三名使出看家本领进行激烈的角逐之后，最终以我的败北而结束。

当时我只是以为老支书有一副天生的"死记性"，却恰恰忽视了作为老支书这种普通人获取这种"死记性"的原动力量在于纯朴的执着和憨厚的热忱。这种执着和热忱亦可称为普通人的信仰。这种信仰是可以创造奇迹的，正是由于这种信仰，使老支书在县里乡里开会回来，虽然没记笔记没写稿子，却能一字不漏地将上头的精神传达到群众中去，那绘声绘色气宇轩昂，绝不亚于当今时代演讲家的才能。也正是这种信仰，使老支书在三十多年"干部"生涯中，维系了全村千多号人的生计和安定。当然，这也不可避免地使老支书表现出愚忠的意识，在割尾巴的年代，带头扯村民房前屋后的菜砍房前屋后的树，这种愚忠意识达到了登峰造极。然而，我有什么理由把本属于时代的荒唐归罪于老支书这号普通人身上呢？

老支书老了，他那纵横交错的额头出落得像张旅游图，每一处风景背后都有我熟悉或不熟悉的传说和故事。他带着老伴住进了这深深的林子，这里有他亲手或带领村民栽种的树木，在孤寂的环境中他们过得十分惬意。老支书退休以后，一个年轻的有文化的后生接替了他的职位。有文化又年轻，这自然是新一代农村干部应该具备的素质。但是，后生娃却没有以此作为自己干好这份工作的资本，却在虔诚地捧读着老书记的人生词典，希望从中找到一分真谛。这，是在我离开老支书的小屋时，他带着微笑向我透露的欣慰，我亦欣然！

老乡长

我的老家地处湘南农村一个偏远的山村，那里的百姓世世代代遵纪守法安守本分，终年只知道面朝黄土背朝天辛勤地劳作与耕耘，与官府衙门里的人更是老死不相往来，那些官人也极少涉足我们那个僻壤的所在。父老乡亲偶尔见到一个乡长，都比打一顿牙祭显得更加新鲜和好奇。

20 世纪 70 年代初，村里头进来一位陌生人，高挑单瘦的身材，青铜似的皮肤泛着黝黑色的青光，上身穿一件棉布对襟衬衫，下身穿一条屁股上打了两个厚厚补丁的褪色的军裤。当他与你握手的时候，你能感觉到一双厚大的巴掌结满粗糙的老茧，几乎与我们村人的手毫无两样。听人家说这就是我们乡里新来的乡长。当时，许多人都不太相信，乡长大小也是一个有行政级别的官员，可这个新来的乡长咋就越看越不像个官呢。从前，村里人趁出山赶集或挑盐巴的机会，毕竟还是见过乡长这样的大官的，那可是穿长袍坐轿子耀武扬威神气十足的角色，这位乡长看起来跟山里的你我他不就是一个样子吗。但是过了一段时期，村里人到底认可了他的确是乡长。

老乡长刚到村里来，最喜欢的是见到哪家小孩就抱，一边逗着细伢子说笑，一边跟大人拉东话西，比方说，你家养了几头猪啦，粮食够不够吃啦，今年收入多少啦等等之类。这当儿尿湿衣裳的事便经常发生。可是他两手一甩轻轻地掸几下尿渍，"没事、没事，烘干就是，烘干就是。"第二回见到细伢子还是习性不改照抱不误。

那时候，村里的农户几乎家家养狗。山里的狗样子看起来挺老实的，可是见到生人那穷凶极恶的样子非把你吓得要命不可。开始，老乡长进村来，我生怕他会成为全村狗们攻击的目标。可实际我的担心纯粹多余。老乡长进村才天把时间，不知用的什么戏法，就与一户人家的狗混得烂熟。也许狗是通灵性的吧，一传十十传百，以后的日子，老乡长每到一户人家，狗在他的面前都显得十分的温顺和热情。他走进村来完全是一副大大方方的样子，还隔二三十米，狗们便摇着尾巴像欢迎一位贵宾似的拥了上去，在他周边围成一个小圈子，蹦蹦跳跳欢呼雀跃就像见到主人般的亲热。老乡长手之舞足之蹈，逗得小狗们竞相跳跃蹦起两三尺高。

我爹是村委会的主任，为了联系工作，老乡长自然到我们家多一点。要是酷暑难耐的大热天，他进屋后，爹就叫我到泉水井里去打一桶新汲出的凉水来。那时我们家没有茶杯，我就用一只舀水的竹勺舀一大瓢送到他的跟前。老乡长接过水连看都不看一眼，接过水瓢就仰起脖子喝起来，喉管里发出咕噜咕噜的响声，听起来有点像我家黄牛饮水的声音。听到他的喝水声我不经意地脱口而出："牛呷水。"爹骂了我一句："粪箕鬼。"老乡长也跟着骂一句："粪箕鬼。"随后笑呵呵地伸手在我屁股上抽一巴掌，尽管当时我也感觉到打得我的皮肉生疼，可心里却涌起一股美滋滋的得意和欣喜。心想：当干部的怎么也骂粪箕鬼呢？这可是我的家乡骂小孩子的口头禅，意即小孩子不听话找死不能进棺材，只能用竹做的粪箕抬到山上埋。

作为小孩子家，本来天性是不管大人家事的，可老乡长跟爹说话，我特喜欢蹲在旁边倾听。我发现老乡长跟爹他们讲话，讲的也尽是些庄稼语言尽是些山里话。我上学的时候，听我们老师说过，老乡长其实是北方人，只是因为打土豪分田地才来到了南方工作。读过好多好多古书的，有渊博的知识，且擅长赋诗作对。这我就纳闷了，古话说"腹有诗书气自华"，老乡长"腹有诗书"咋就看不出"气自华"呢？老乡长为什么能够学会讲我们山里人的话呢？其实我老家那的方言土得掉牙，外面进去的人很难听懂，比方说讲棉袄吧，我老家讲"滚芯（谐音：gun xin）"，这么土的方言，老乡长能够听懂并能学会，我以为老乡长真是聪明啊，儿时的我当时也就只能想到这一层了，再没有深一层的思考和参悟，更不可能联想到其中所蕴含的深刻思想。

老乡长究竟有无渊博的知识，我那时没有考证也没想过去考证，但是，他的字写得相当漂亮却是我目睹。那些年，乡里面经常开会，但下发开会的通知很不方便，村里还没装上广播，也没有专职通讯员，老乡长就经常跑到下面来口头通知。可农村村一级的基层干部都不是脱产的，要照常参加生产劳动，山里人居住分散，土地离居住的房子也要翻上一两个山头，地头也难找到人。老乡长到我们家来，便常遇到"铁将军"把门。但他自有办法，顺手从墙壁上掰下一小块壁土，将开会的通知写在门板上，虽是信手写来，那字迹却是工整如帖的。我爹回来看到门板上的通知，准时参加会议，如果是晚上开会，丢下锄柄，扑通扑通就往乡里赶，从没迟到过误过事。

我小学毕业那一年，组织上决定调老乡长去外乡工作。临别，他到我们村每户人家一一告辞，村里男女老少无不泪流满面、依依不舍。老乡长那慈祥的面容上也挂满了晶莹的泪珠。他走的时候大家送了一程又一程，久久地，久久地不愿离去。然而，送君千里终有一别，老乡长与山里人毕竟是天各一方了。听我爹说，老乡长调走以后，给村里人捎过好几封信，详情怎样，我走上了求学的道路，也不得尽知。

眨眼三十多年过去，日久月深，过去的一些事情，过去接触过的一些人，不少已经在我的脑海中淡忘或消失。然而，老乡长的形象却始终在我记忆的屏幕上呈现，尤其是听到某些干部埋怨现在的农民不近人情不听话，甚至责怪一些农民是刁民的时候，听到某些干部埋怨农村条件艰苦不愿下乡工作的时候，就越发勾起我对老乡长深深的怀念。前些天，随同一位乡镇干部下村检查工作，天气闷热，路上发现一口泉水井，便痛痛快快地畅饮起来。可是，第二天我听这位干部说，他拉了一晚上的稀，直怨那该死的泉水。人们生活水平提高了，不饮生水喝开水应该是好的生活习惯，可我还是情不自禁地提起了老乡长，该同志轻描淡写且带调侃意味地甩下一句"土八路的干活"。我想，也许是的吧，可我总觉得这个结论下得有些茫然和尴尬。

牛　魂

母亲进城来，闲聊中说与我一条不幸的消息。"茅屋那头的放牛娃走了。"乍一听，我的心头猛地震颤了一下，"这，怎么可能呢？"母亲接过我自言自语的话茬说："他也是七十好几的人了嘛。"突然想起，算起上学直至参加工作后的日子，离开家乡也已经是十多年的光景了，岁月无情，放牛阿公怎能不走向这人生的必然归宿呢？可是，牛阿公啊，您留在我心海里的却永远是儿时的记忆，我从来也没有想过，日月沧桑会这么快地磨去您真诚的生命。

从我懂事的那一天开始，我便常常听到村里人提起"放牛娃"，其实，您有一个父母取的名字，可我一直弄不清楚，五十好几的人了，村里人为什么还一直叫着您的乳名，后来才知道，您从小家境贫寒，住的是茅草盖顶的房屋，3 岁便帮地主老财家放牛，村人们便以"茅屋那头的放牛娃"取代了您真实的姓名。初级社成立以后，大队看到您有饲养耕牛的特长，就安排您给生产队放群牛，每天记十分工，享受与农田劳作的正等劳力同等的待遇。您深深地感到村里人对于您的关怀和温暖，把满腔的爱倾注到每一头耕牛的身上。天才露出鱼肚白的光亮，就把牛赶出去；下午，日头西下夜幕降临，还不会把牛赶回棚里。您根据每头耕牛的习性，给它们分别取了不同的名字，"老好人""大力士""懒鬼"，都是您精彩的杰作，一呼百应。农忙时节，为了不误农时，又不让牛减膘，您每天半夜时分就爬起来，让它们吃饱喝足。因此无论农闲农忙，一头头耕牛都是膘肥体壮力气十足。每到年终评比劳动模范的时候，社员们总忘不了提您的名字。后来，因为耕牛繁殖越来越多，队里决定分出一部分来让我们这些小孩子喂养。分牛的那一天，您把大家喊拢来，告诫我们说："牛无夜草不肥，你们每天要早起，让牛吃到露水草。"最初的几天，我们都按照您说的做了，可是时间一长，失去了对放牛的新鲜感，我们就把您的叮嘱弃之一边。您挨家挨户地站在窗口下把我们叫醒，骂一句"懒虫，还不起来放牛"。下午，要是四点多钟还有人没把牛放出来，您就会站在高处大声地叫喊他的名字，使放牛的孩子听得无地自容。要是选择放牛的地方长草不深，您则大声骂道："光坪里放牛，让牛吃石头啊。"说这些话的时候，不管有没有很多人在场，一点也不考虑我们的面子。那时候，我们怎么能够理解您对牛的一往情深啊。渐渐地，我们对您生出了厌烦和怨恨，背地里又给您取了个"多嘴佬"的外号，当您走到我们前面的时候，调皮的孩子就用拇指和食指叉成一个"八"字，像握着手枪似的对准您的后脑勺，口里诅咒："叭，一枪打死你。"可是，您似乎从来就不把我们对您的怨愤放在心里，总是喋喋不休地唠叨。就是在这种唠叨声里，我们总算没有让您失望，牛的体重没有下来。

直到经历了一件事情之后，我才彻底改变了对您的看法，增进了对您的感情。那是一个秋天的下午，时令虽已进入收获的季节，大地却是一片枯黄的败草。我们又像往常一样，把牛赶到山上，就贪玩起"踢房子"的游戏来，牛却下山偷吃了一个农户的庄稼，户主一状告到我父亲那里，害得我挨了爹一顿狠揍。我便把满腔怨愤发泄到牛的身上，把它拴到树上，用鞭子一顿猛抽。您突然走了过来，夺下我手中的鞭子，狠狠地刮了我一巴掌，然后走到牛的身边，痛心地说道："畜生，你好造孽啊！"黄牛似乎也通人性，它眼眶里噙满了泪水，用嘴巴轻轻地磨蹭您的脸颊，好像在向您倾泻着满腔的委屈。您用手掌轻轻地抚摸牛的伤口，就好像抚摸着自己亲生的儿子。看到这幅情景，我少年的心灵也被深深地震撼了。当天晚上，您又拿出自家的豆子，磨了满满一桶豆浆，牛吃得又香又甜。从此以后，我便对您产生了深深的敬意，决心向您学习，把牛喂好。为了早起，我让妈妈每天起来做饭的时候，把我一同叫醒，您把牛牵到哪里放，我也跟到哪里。一段时间以后，我饲养的这头牛也变得膘肥体壮了。年底大队评比养牛标兵，我和您两个人的名字双双登上了光荣榜。我的心里真是吃了蜜糖般的沁甜。可是您呢，似乎比我还要高兴，总是笑得合不拢嘴，不时用手掌拍着我的后脑勺："好孩子，将来有出息。"在您看来，现在把牛放得好的孩子，将来定是有所作为的人物。每当伙伴中有不好好放牛的，您就拿我作典型教训他们，我的心里就像完成一部杰作般惬意。可是，两年之后我考上了高中，进城读书，就没有放牛了。每次放假回家，您碰到我，总要夸奖几句，说我是放牛的小模范，昔日放牛时的喜悦便又涌上我的心头。

直到农村落实生产责任制，生产队的耕牛被全部分到了私人家里喂养。有的农户家里只有一点田，也就不把耕牛看得那么重要了，尤其是有段时期谷贱伤农，有的农户根本就不把牛放在眼里，您却像从前一样，数落起人家来。这时候，人家不高兴了，甚至当面顶撞您："牛分到家了，关你屁事。"说您是"狗咬耗子多管闲事"。儿女们也责怪您，说您吃了饭没事做，不如去睡大觉。谁知道您的心里有多苦啊。从此之后，您再也不说人家了。我回家几次，您再也不向我提起养牛的事情，只是常常看到您面对一条条骨瘦如柴的耕牛唉声叹气。您慢慢地显得有些痴呆了，仿佛您的魂魄被魔鬼攫去了一些似的，再也没有以前那么活灵了，眼神也已经暗淡无光。可是，谁又读懂了您的心思呢？

放牛阿公啊，当您走向另外一个茫茫的世界时，我算是诠释到您生命的真谛，但我又怎样向您表达呢？问了母亲，得知您去世已有一个多月了，去世前没患过什么病，先天下午，到队里每户人家的牛棚跟前看了一趟，回来说有点头痛，躺到椅子上就永别了这个饱含喜怒哀乐的世界。牛阿公啊，就让我拜托母亲，在您的新坟上点燃一炷香火，燃放一封爆竹，焚烧一副迟到的挽联来表达我深深的哀思吧：

丹心倾注农家宝

热血浇灌稻米香

横批是：牛魂永垂

山道上的风景

太阳疲倦了一天的身子蹦的躺到了山的背后，空旷的山野，开始罩上一层灰蒙蒙的色彩。忙忙碌碌的农人，他们难得像今天这般清闲，大早收了工，打扮得像城里人一般的整洁与漂亮，兴高采烈地向镇里的露天影院走去。今晚城里的剧院送戏下乡，这消息在村里传开，犹如村里哪家婚嫁般的热闹，顷刻间便沸腾了这远方的小镇。

就在这弯曲的羊肠小道，就在这人头攒动的影院门口，一个女人背着一个沉沉的男人，似暮色中一道伟岸的剪影，步履艰难地、一步一步地向影院走来。或许是男人的身体太沉，或许是生活的负荷太重，她的身子佝偻着，就像一张苍老的弯弓，每前行一步，都要微微地颤抖。她的额上渗出了细密的汗珠，晶莹剔透，顿时化成汗水沿着她的脸颊向下流淌。

眼前的风景怎不唤起我儿时的记忆，她不是乡文艺宣传队的骨干吗？那清亮的歌喉，曾给多少年轻人抛洒纵情的遐想；那优美的倩影，曾给多少小伙子留下色彩斑斓的梦幻。可是，那杨柳般婀娜多姿的身段呢？那桃花般鲜亮红润的芳容呢？生活啊，难道你就这么残酷，这么无情。

是啊，自从那个黑色的九月，水利工地一次意外的坍塌，新婚不久的男人的双腿，便失去了它对生活的支撑。女人啊，多少小伙子心中的女神，从此就这样背起来了一个残缺家庭的重荷。顶过斜风，披过细雨，跨过山梁，涉过小溪，走过十年晨昏，漫过十年冷暖，没有沉重的"妇道"压迫，没有家规的铁锁桎梏，她背着的，只是一个山村女人对于爱情的诠释，一个农家妇女对于责任和良心的担当。

她背上的男人啊，肢体残了，心却圆润。他长长的睫毛，一闪一闪，滚烫的泪珠，啪啪地打落她的脊背。她深情地回眸："这不，又来了。"这浅浅的一笑，多么妩媚动人；这轻轻的话语，多么亲切贴心。它会让生命的泉水永远奔突，它会让创伤的心海欢畅永恒。

她背着她的男人走来了，露天影院顿时一片静寂，那拥挤的人群默契地退到两边，腾出一条宽宽的路面，所有观众的目光，都深情地向这里聚焦，谁都希望，用火热的目光，去给她一份搀扶，一份喷涌的力量。

她背着她的男人，从我的身边走过，我想了许多许多，我想起了我那城里的邻居，一位嫌贫爱富、抛夫弃子去傍大款的女人；我想起了多少个因一点芝麻小事，便反目成仇的夫妻；我更想到了，我们，一对对四肢健全的夫妇，一双双情投意合的恋人，应该如何理解爱情，如何迈步人生。

刊发于 2024 年第 3 期《吐鲁番》文学季刊

鹦 鹉

学校附近的刘大伯，喝的墨水虽然不多，却有一个雅致的嗜好：养鸟。他家鸟笼里的那两只鹦鹉，红红的嘴绒绒的毛，玲珑剔透，经刘大伯的精心调养，不仅长得俏丽，而且还能说上一些礼貌用语，唱一两首优美动听的歌曲呢。

我教生物，对花鸟虫鱼之类，自然颇感兴趣。相识刘大伯，也算遇到知音了，不下两个月，我们竟成了莫逆之交。课余饭后，便常往大伯家里窜。必然，每次去都得与鹦鹉打几个照面，挑逗几句。此时，刘大伯常常尾随我的身后，眯缝着眼睛，指指画画，颇是光彩与荣耀。

平常与大伯一家人闲聊，话题也自然离不开鹦鹉。说起这对鹦鹉的来历，那还有一段小小的故事呢。几年前，大伯去赶集，路上发现两个细娃正在戏耍两只鸟崽。大伯走近一看，原来是两只小鹦鹉。他想，让两个小家伙戏耍下去，过不了半个钟头，鸟崽就会死去的。他便拿出两块钱，好说歹说，从小孩那里买回了鸟崽。带回家经刘大伯的细心喂养，鸟崽竟奇迹般地活了下来，并活到如今这般伶俐。

每次说到这里，大伯的一条"尾巴"——已上小学一年级的小孙子，便凑过来，昂起小脑袋神气地说："鹦鹉能够说话唱歌，也有我的一份功劳呢。"

大伯高兴地抱起小孙子，伸手往他屁股上拍一巴掌，乐呵呵地说："对，对，有你的功劳。咱们家养鸟啊，后继有人啦。"

每逢看到这个祥和的场面，我便助兴："祝你们成为一个养鸟世家。"

时间过得真快，转眼间一个学期过去了。因忙于期末复习迎考，加之当个班主任，期末要做的事太多，因此有一个多月没有去过刘大伯家。刘大伯倒是来过几回学校。不知怎的，这一向大伯每次到我这来，都好像有什么心事，我追问他，他又总是吞吞吐吐，"你，你忙吧。"继而又转入别的话题。

没过几天学校就放寒假了。寒假的第一天早上，我正在收拾行李，准备回家度假。突然间，刘大伯闯进门来，神情显得十分的沮丧和懊悔。

我连忙问他："发生什么事了？"

大伯嘴角抽搐了几下，终于开口说："求，求你给我帮个忙。"

"帮忙，咳，只要能够帮到，你开口还有什么说的。"我觉得刘大伯变得有点神经兮兮，小题大做。

"请你替我把那两只鹦鹉……杀了！我下不了这个手。"

"什么？"我惊骇出声，简直不敢相信自己的耳朵。

"我孙子期末考试，语文没及格，数学也只打了61分。"

"这与鹦鹉有什么关系？"

"他是让鸟儿勾去魂了，一点读书的心思也没有，整天念念不忘的是鹦鹉，上完一节课，要回家看一趟，放学回家，书包一丢，就围着鸟笼子转。这几天，我见他考试成绩不好，便把鸟笼藏起来，不让他再玩鸟了。没想到，昨天夜里，他竟然趁全家人熟睡的机会，偷偷地爬起来，楼上楼下寻找鸟笼，找到后抚摸着鹦鹉，流了一脸的泪水。"

"这绝不是考试成绩不好的根本原因。"

"我看准的事，八九不离十，没什么错的，自己的孙子还号不清脉？我再不能让鹦鹉害了他。现在国家搞现代化，没文化不行啊。我不希望他将来像你这样，当先生，吃国家粮，有个好出息。可小学里的知识总得要学好的呀。"

"哎呀，你真是乱扯。"真是秀才碰到兵，有理说不清。

"看来，这个忙，你是不愿意帮啰，那只有我自己动手啦。"说完，便急转头，快步走了。

我赶忙放下手中的行李，追了上去。

可是，晚了几秒钟，当我跨进大伯家的门槛时，他已经双手举起菜刀，用力向鸟笼砍去。我实在不忍看到这悲惨的一幕，闭上眼睛，心，在战栗。

待我回过神来，只见刘大伯双手捧着鲜血淋漓的鹦鹉，泪水，像连珠雨似的，在他布满皱纹写满沧桑的脸上流淌。

刊发于 1989 年 12 月 13 日《衡阳日报》"廻雁"文学副刊

彩云飘

夏日的正午，天热得发狂，宽阔的马路被燃烧的太阳炙烤得焦干、滚烫，两旁的树叶无精打采地低垂着，小贩们停止了吆喝，街头的行人变得稀少，偶尔传来的几声汽车喇叭叫倒使这喧腾的闹市显出几分宁静。

"咚、咚、咚"，轻轻的敲门声把我从午睡中催醒，我从凉席上爬起来，擦着睡眼惺忪的眼睛，趿着鞋子打开门。只见门口站着一位扶着自行车的红衣少女，黑油油的短发，眼睛水灵灵的像闪亮的黑玉，泛着清澈纯真的光亮，她那被太阳烤赤了的肌肤，流露出乡下姑娘所特有的健壮和质朴。单车架上挂着一顶时下城里流行的带着自然风光的太阳帽，她的手里提着一只褐黄色的大母鸡。

"请问，您是侯叔叔吗？"姑娘礼貌地向我打听。

"是，你……"

"两天前您在农贸市场买过鸡，是吗？"姑娘打断我的话，问道。

"买鸡？！"对，我突然记起来了，就在前天，我买了两只鸡。可别提这买鸡的事，一提我就气不打一处来。

那天，是我母亲的生日。以前我们家都是母亲买菜，我想今天一定要亲自买菜做饭，好好孝敬孝敬她老人家。来到市场，刚好碰到一位乡下来的小伙子在卖鸡，此人看上去还比较老实，便上前打听价格。小伙子没有直接回答我的提问，而是炫耀着鸡的肥壮。我想要买就买大点的。于是，也不讨价还价，买下了两只大母鸡，并告知姓氏住址，嘱他以后有什么好菜直接送到我家，减少母亲一些麻烦和辛苦。

回到家，母亲接过鸡掂了掂，瞧了瞧，摸摸食袋，肯定地说："这鸡吃了沙子，注了水。"当即要上街找那卖鸡的算账。当时我非常气愤，可想想这年头掺杂使假，鸡鸭灌沙注水坑害消费者的现象屡见不鲜，找有何用。再说，找上去那家伙已经走了或是不认账，又拿他奈何，便自认倒霉劝阻了母亲。

"叔叔，那是我表哥干的，这种行为也实在太可恶了。可是，这件事也跟我有关，我对不起您。"

"这话，又怎讲呢？"我好奇地问道。

于是，姑娘向我讲起了这样一个故事。

姑娘名叫张虹，今年初中毕业，家住市郊。暑假期间，她跟着做生意的表哥到市里走了两趟。骄阳下，城里姑娘头顶上那多姿多彩的太阳帽，流行于现代都市，恰似一幅浪漫多情的风景画，深深地把虹姑娘吸引住了。

表哥似乎看出了虹姑娘的心事，便对她说："虹妹，想要顶太阳帽吗？好贵的，20多块钱一顶呢。"

"这么贵呀，我不要。"嘴上这么说，心里却求之不得。

"不过，20多块又算个什么呢，跟表哥贩两回鸡，保准你买顶太阳帽还绰绰有余。"

"真的呀，那就请表哥多多关照啦。"虹姑娘学着商业社交场合的客套，撒娇地说道。

第二天，虹姑娘向表哥借了30元本钱，以每公斤10元的价格从邻居家收进两只鸡，当天下午提到市场以每公斤 11 元的价格卖出，连续贩两次赚到 6.8 元。第三天，她又走了四五户农家，贩进两只母鸡，去市场的路上，遇上表哥。表哥问她："虹妹，买太阳帽的钱够了吧?"

"嗯，还差一大截呢。"

"你卖了 4 只还不够?"表哥看了看虹姑娘手里的鸡，说："把鸡交给我吧，保准给你换回一顶漂亮的太阳帽。"

"当真呀，那就太感谢表哥了。"

当天下午，表哥真的给虹姑娘带回一顶蓝色配红彤彤的太阳帽，她那红彤彤的脸蛋，兴奋得像一朵绽放的芙蓉。戴上太阳帽，更透出几分少女的优雅和清纯。

"哇，比巩俐还俏三分啦。"表哥得意地竖着大拇指夸奖，"虹妹，应该好好谢谢表哥吧，要是你呀，跑十趟还赚不了一顶帽子的钱呢。"

虹姑娘像突然明白了什么，收敛了笑容问道："真的，两只鸡哪能赚这么多钱呢?"

"你呀，"表哥用手指头点了点虹姑娘的脑门，"脑筋一点儿不开窍。这年头做生意，脑门子放灵活点。我教你吧，先喂足，鸡是吃沙子的，在食物里掺上沙子，每只可增重三四两；再用注射器每只注水半斤；卖的时候呢，价格抬高点，秤上要点手脚……"

"你，怎么是这样一个人呢?"虹姑娘打断表哥的话，气愤地将太阳帽丢到地上，泪水夺眶而出，"我绝不戴这个。"

表哥捡起帽子，拍了拍虹姑娘的肩膀。虹姑娘推开表哥："告诉我，你坑的人是谁，不给人赔偿，我没脸戴这个帽子。"

"唉，真拿你没法。"表哥只好把买主的大概情况告诉了虹姑娘。

这两天，虹姑娘用自己的钱买了一只鸡，顶着炎炎烈日，汗珠湿透了衣裳，红润白皙的皮肤晒黑了，问呀问，找呀找，前后打听了20多户人家，才终于找到我家。

听了虹姑娘的叙述，我情感的心海掀起了阵阵激动的波澜。但还未等我从感激的情绪中稳定下来，虹姑娘已把鸡丢到门口，说了句："我终于有资格戴上这顶太阳帽了。"便不容我推辞，飞快地蹬上自行车，涌入了大街。

望着虹姑娘远去的背影和她头上的太阳帽，宛如一朵七彩的云，在我的视野飘呀飘，那么美，那么真，那么纯，她导引我人生的航程，领我走上了一方圣洁的天地！

刊发于 1994 年 10 月 13 日《衡阳日报》"迴雁"文学副刊

多一份真情

母亲说："儿啦，当你领受到别人的一份爱心后，你得报答人家；宁愿自己少吃少喝、吃苦受累，也不要忘了寻取报答的机会。"多少年来，母亲这句质朴的话，一直伴我跋涉着这份沉重的人生。然而，人世间的温情、朋友间抑或陌路人的挚爱，是我都能够报答得了的吗？

那是个充满温馨与淡雅的日子，我与单新元先生在县文学创作座谈会上相识。神聊中，他说："应该把县委领导请到我们这个会上来，让他们了解了解我们县里还有这样一批笔杆子。"听后，便油然对他生出一份敬意。这些年，还有谁关注过弄文学爬格子的苦行僧呢？会后，单先生邀我说："走，跟我上馆子。"心里惶惶然，可不容分说，他已将我拉上他的车子。由于我的敬畏，又由于这些年总是把自己蜗居在偏僻的小山村，渐渐生发出孤僻抑郁的性格。席间，我们的交谈显得有些拘谨，只有那眼神交换着相互的理解。

以后的一年来，我又去过几次县城。几乎每次都与单先生不期而遇，他总是盛情地问起我的近况，安排我的住宿。就因为这样，我的负债感也与日俱增。我有资格领受单先生的那份厚爱吗？我能给予他报答吗？单先生供职县侨协，接待过上至中央政协副主席职位的官员；单先生舞文弄墨，驰骋文坛，先后有数十万字大作见诸《人民文学》《羊城晚报·海外版》《博览群书》等报刊，并有多部作品入选《台港文学选刊》《青年文摘》《读者文摘》。而我，一个穷山沟里的小学教师，又怎能有资格领受他的厚爱？又怎能有能力给予他报答呢？我希望见到他，那是因为我希望从他那里获取更多的教益；而我又恐惧着见到他，那是因为他太客气了、太仁爱了，我怎能忍心无所顾忌地接受他的仁爱呢？因此，每次进城，我总是在希望拜见他的欲望中而躲着他。然而，这世界并不大，这县城就更小了。这天下午，我们又见面了。在他的办公室里，我们谈人生，谈社会，谈文学。时间悄悄地过去，我说："我必须赶车回去。"他送我出门，我一头钻进了图书馆，我的撒谎只是为了摆脱他的一再挽留。可事有凑巧，他为查找一份刊物的地址也来到了图书馆。这下，我再也走不出他的仁爱圈了。他给我买好了房间和餐票，又一再叮嘱："快，餐厅就要开餐了。"可迂腐到家的我，闷到书堆里竟一时回不过神来。单先生出去办完一件急事后到餐厅找我，没看到人影，又急急地赶到图书馆，"快，坐我的自行车，否则，你就吃不上饭了。"我还有什么话可说呢？坐在他的车上，泪水浸湿了我的双眼，心里涌起一股热滚滚的情绪，以致他将我送到餐厅就急匆匆地转身回家，我连一句感激的话儿也不曾留下。

今夜，我漫步乡间的小路，圆润的明月朗照着大地，和煦的微风亲吻着我的面额，我思索着，难道人世间爱心的付出就只是为了报答吗？是的，在我们这个居住着绝大多数凡夫俗子的生存空间，人们付出爱心同时希望收纳爱心的给予，这收纳爱心的过程就是接受着报答。然而，我们的社会不更需要那种并不企求报答的付出吗？不正有更多的人在做着这种无须报答的付出吗？这是一种纯真的且进入了崇高境界的情愫！它不是庸俗的给予，更非那种以房子、票子、官衔作为等价的交易。

人间啊，多一份真情吧！多一份真情，世界就会多一份光明，多一份温馨和永恒！

刊发于 1992 年 1 月 29 日《衡阳日报》"迴雁"文学副刊

书 韵

　　吴松茂也真是迂得到家了，大年初一弄得全家人哭笑不得。上次，老伴拿 380 元叫他专程赴长沙给女儿买药，可一进省城的书店，却买回来 100 本新书，猛醒过来，也只是对泪流满面的女儿投去愧疚的一瞥。这回，儿子拿 50 元叫他到县城办年货，"毛病"复发，大年初一从他带回来的年货袋里取食品时，却是硬邦邦两本厚厚的精装《辞海》。你听他解释："下屋场小吴、小刘结婚，早就惦记着要买本《辞海》送他们，可总没看到，这回……"

　　"又是作礼品！"老伴打断他的话，"红白喜事，人家送钱送物，你倒好，送书。刘妹子出嫁，你送什么《我的一家》《家庭日用大全》；吴伢子招工，你送《毛泽东选集》和一套自学丛书；三崽过生日，你送《雷锋的故事》；张老倌做寿，你送《长寿之道》，这回……唉，你呀，没见过你这号人。"老伴虽说怨言连珠，可也无可奈何。

　　也难怪，吴松茂一生别无他好，励于治学，唯与书打交道，曾有论文见诸《国内哲学动态》，受到中国社会科学院褒扬。眼下虽说年近古稀却精神矍铄，满脸深陷的皱纹舒展着爽快的神采，除了读书著文之外，又添新趣，致力兴旺"自学书屋"，为乡村人民输送精神食粮。

那是 1983 年的春夏之交，吴老从衡东县农业银行离休故里，痛心乡民"日出而作，日入而息"之单调，疾首后生们闲得无聊打架斗殴、偷盗赌博之误途，毅然立下遗嘱，百年之后让儿子抬上火葬场化了，拿出儿子为他积存下来准备打制"千年屋"的 600 元，购得图书 800 册，腾出房屋一间，办起了"自学书屋"。这下子，闲得无聊的后生娃们被这斑斓多姿的世界所吸引，一个个来到这里寻找七彩的人生。

商品经济的浪潮冲昏了某些人的头脑，一门心思尽往钱眼里钻。吴老却宠辱不惊，固守那份朴实和真诚，惨淡经营，书屋规模不断扩大，书房由过去的一间扩大到五间，书架由过去的两个增加到七个，图书上升到 8500 多册，总投资一万多元。且一如初衷，凡来阅读领袖著作、英雄人物事迹和农业科技书籍的人，一律免费借阅，其他书刊借阅也只收取一至四分钱破损费。

随着图书室规模的扩大，吴老已不满足于仅给农民提供一份精神食粮，他要将图书室办成政治思想教育的阵地、传授知识的课堂、法制普及的中心、科技推广的网络。前些年，有人大量出版、销售、租借那些色情、凶杀、迷信等书籍，昧着良心赚钱。吴老所在的甘溪街头，也有人摆起了两个这样的书摊。吴老硬是对着干，偏偏购进一大批马列、毛主席著作和《雷锋的故事》《青春之歌》《红岩》《钢铁是怎样炼成的》等健康向上的书籍，你高价出租，我一分不收，免费赠阅，弄得那两个书摊子的主人只好灰溜溜地搬走了。

女青年小吴，一度迷恋色情小说，精神萎靡不振，与社会上一些不三不四的人厮混。吴松茂三番五次找她促膝谈心，跟她讲革命故事，送去《理想之歌》《成才之路》等健康书籍助她阅读，并辅导她从事业余文学创作。功夫不负有心人，小吴走上了正道，成长为县里的文学创作骨干分子。

每年，吴老都要结合书屋存有的法律书报，定期举办法律知识讲习班和法律知识有奖竞赛；每年暑假都要组织中小学生举办一次"我爱祖国""家乡美"等专题作文竞赛，自己掏腰包进行奖励。

光阴荏苒，眨眼7个春秋，自学书屋已接待读者30余万人次。在这些读者中，有从目不识丁到能识文断字的男女村民，有自学成才考取大学的放牛娃，有从"二流子""三只手"变成好村民、好民兵的小青年，也有从科盲成为科技示范户的。人在变，书屋的规模在变，唯独吴松茂一家的环境却没有变，还是那栋低矮陈旧的土坯屋，还是那两张硬板床、两张古朴的小衣柜。为此，有人曾戏谑地调侃他："要是把这万多元投资做生意，那你早就发了，不用住这土坯屋，更不会连一件像样的家具也没有。"吴老却坦然一笑："人各有志，我就这号德性。"

是的，吴松茂是有理由对于物质享受的简陋感到坦然，他有数千册图书，他有成千上万的读者，他有墙头上数十面省、市、县嘉奖给他的锦旗、奖状、荣誉证书，他是精神的富翁！明年，吴松茂将走向人生的第七十个年头，他决心，人过七十，书过万册，这是夕阳最绚丽的光彩！这是精神财富拥有者伟大的壮举！

刊发于1990年7月31日《中国农经报》银河文学副刊，1990年12月5日《湖南日报》"湘江"文学副刊

楷模风范

伍远华生于农家，父母均为庄稼人，家境贫寒，不通文墨，然督儿求学甚力。母早故，其父克勤克俭，供之读书，以祈成为知书达理之人。远华不负厚望，自幼勤勉，学业甚佳；且上山负薪，下田打草，仰承山林之甘露，俯沐阡陌之清馨。此番经历，使之心系于田野，情结于民间。其后若干年，时居府堂之高，时处江湖之远，而其仁厚之心淳朴之情未曾改也。

1958年，远华走出大山，投考零陵师范，金榜题名，于那历代文学巨子出没、文化传承深厚之永州府，潜移默化，畅游书海，未敢稍有懈怠，且笔耕不辍，时有诗文见诸报端。

苦读三载，学有所成，荣归故里。自此十余春秋，其间做过教员，任过区团委书记、公社党委书记、农村区委副书记、区委书记等诸多职务。于那贫瘠之野，深山之巅，身先士卒，赤膊于炎阳之下，浴汗于荒滩之上，历尽艰辛，饱尝酸辣，与朴实山民缔结鱼水情谊，深为百姓所爱戴。此后数载，远华故地重访，众乡亲夹道相迎，皆亲昵相称，一八旬老妪拉其双手，细语叨叨，热泪纵横，情之切切，胜母子重逢。

1972年调入地委机关，在干事岗位躬耕五载。1976年调任地区商业局办公室主任，尔后提为商业局副局长。1981年跨入工商行政管理之门，任副局长十载有四，其间受组织派遣，赴省委党校读书一年，因而系统涉猎马列经典及逻辑、管理诸学科。1991年，深得全局干部之拥护，荣升局长、党委书记之职。

远华投身革命四十余载，无论官位高低，环境优劣，均坦荡处世，真诚待人；望之威而近之亲，闻之厉而即之柔；恃才而不傲物，孤高而不离群；看事业重如山，视名利淡如水，待百姓如兄弟。凡为民造福之事，皆殚精竭虑，沥胆呕心。建办公楼、建宿舍、建市场、转干、入学、解决子女就业等一一躬行。然于名利，却不仰慕，无意仕途，清廉从政。市局建办公楼，远华专管，公开招标，不谋分文私利，竣工之日，亲予审计，裁减资金百万之巨。包工头扼腕自叹：此公铁板一块哉。早些年，风传其升任省工商副局长之职，远华笑而作打油诗自勉："满城风雨上青云，真亦假时假似真；坐怀不乱埋头干，不为官位为人民。"足以见其平素之秉性。

此公不善歌舞，不好牌钓，生性嗜好唯看书学习、勤恳工作。"干一行，爱一行，钻一行"，乃其人生之真谛。其家其室，书报如林，剪报、摘记达五尺有余，散见于举国刊物之论著，亦达十几万之言。平素登台即席演说，出口成章，严肃诙谐，听众莫不为之叹服也。

之于事业，益付诸全部心血。年头年尾，无星期日、节假日之闲暇，连续八年除夕夜，与滞留市场的商贩共欢乐。自主持衡阳工商之局务，此公率一班同仁，以高屋建瓴之眼界，体察入微之细心，上承中央之路线，下聆民众之心声，执市场牛耳，树执法权威，撑经济大厦，增红盾光彩，率先在全省推出系列举措：改革体制，垂直分局领导，以发挥整体功能；因地制宜，把握"红绿灯"，搞活国有企业；举全民之力，大兴土木，以建市场载体；打破禁区，超常发展非公有制经济，培育新的经济增长点；

打击假冒伪劣，护公平竞争，以保市场经济之良性运行。几个动作，搞活全盘，工商事业由此鼎盛，声名鹊起，两度荣膺"省双文明建设模范单位"桂冠，三届蝉联"全国工商行政管理系统先进集体"殊荣。可谓名盖三湘，誉满神州矣。

远华为人耿直，光明磊落，追求真理，睥睨邪恶，躬耕事业，政绩显赫，自当赢得干群之拥戴。组织考核，其信任票均达98%，亦多次推选其为省、市先进工作者，敬老好领导，优秀共产党员，市纪委委员，政协委员，人大代表。1996 年 12 月，北上京城，荣获国家工商局、人事部授予"全国先进工作者"之殊荣，受到李鹏等党和国家领导人之亲切接见。实乃江河汇水，众望所归也。

远华五十尚五之年，工商事业如日中天之日，欣然向组织提出辞呈，急流勇退，力荐新人，尔后连续两年再三请求，方得批允。而今临近花甲，壮心不已，秉承活到老、学到老生生不息之精神，鞭策后人，再铸衡阳工商之辉煌。壮哉，远华者，吾辈之楷模也。

创作于 1997 年 5 月，收录《倾注真情写春秋》一书

铁血中国人

昨天大学讲台指点江山激扬文字，今天却摆摊设点沿街叫卖；昨天还温情脉脉与妻儿同享天伦，今天却孤帆远影踯躅琼岛街头；昨天是父母的掌上明珠饭来张口衣来伸手，今天却怀揣身份证颠沛流离四处谋职。他们的口号和宣言是：浪迹天涯誓不还！

是悲壮的躁动？是绚丽的孕育？

有人往往以武断的结论概而述之为"淘金狂"，事实真的那么简单吗？

在海口华都海子大厦，笔者见到了他：四川某大学讲师张鸿兵先生，看上去他已年过三十，眼神里流露出执着的深沉。他说："党和人民的培养加上自己的奋斗，使我成为一名大学教师。但我觉得，一个人要是仅仅满足于现状或追求生活的舒适，那实质也是一种堕落。海南办特区，我就是要到这里来拼搏一番。现实让我体会到，要在特区立足并干出一番事业，那实在不是一件容易的事情，我也曾有过退却的念头，但一百次退却就有一百零一次的咬紧牙关，重振精神。到现在，我还没有联系好正式的工作，但我坚信，我能够成功。"

笔者来到海南《大特区信息报》社，该报经济部主任、原《长沙晚报》一名记者接待了我。就在我们谈话间，一位二十多岁戴着深度眼镜的小伙子问我："您认识易可可吗?"我说："我不认识,但我知道他是湖南电视台的资深记者,一年前我几乎每天都能看到他采摄的新闻。""易可可现在已经坐牢了。"他诡秘地一笑。我想,一个有着强烈事业心和责任感的新闻记者,是一定能够把握住生活的航向,怎么可能发生这样的事情呢?我看他神情,断定他就是易可可。小伙子爽朗一笑:"你猜对了,不过,外边是有人传说我坐牢了呢。"接着,易先生给我谈了自己来海南的一些情况及打算,他说:"在内地,我大学毕业,又有一张记者王牌,发表过不少的文章,按理不会比别人混得差。但我希望自己能干上一番事业,内地难干成,只有跑了海南。供职报社经济部,正是出于这个目的。"

在海南农垦第一招待所,我见到了《抚顺日报》记者邵先生及他年轻的妻子、抚顺某中学外语教师孙女士,他们夫妇俩双双停薪留职,赴海来了。由于海南人才潮已经趋于尾声,他们跑了十多天还没有联系上正式的工作单位,只好找了个拿效益工资的单位做临时工,一个在《海南科技报》当公关先生,一个在海南气功发展有限公司当公关小姐。但他们丝毫也不感到气馁和后悔,邵先生说:"在内地心情太沉闷,这里工作辛苦点,没有铁饭碗,多劳多得,自己开心乐意。"

笔者还遇到了一位湖北某机关办事员杨小姐,她大学毕业,今年才21岁。她说:"我是自己把自己赶出来的。我是个直性子人,看不惯某些人搞不正之风,得罪了领导,工作一年多,一直受气、受压。我一气之下跑到海南。在我初到海南最辛酸最艰苦的日子里,我收到家里的来信,说单位将我除名了。当时,我咬紧牙关,把泪水吞进了肚里,暗暗鼓足勇气:就是混也要混出个人模狗样来。凭我的外貌,去当个按摩小姐、文秘小姐什么的，至少每月能挣个八九百块，但我不干。现在我联系上了一个理想的单位，成功与否，日后见分晓。"

据有关方面统计，宣布海南建省以来，闯海的人才不下十万，无可否认，其中不少人是抱着赚钱的心态踏上这片神奇的土地的，但更多的则是为了寻取一方献身事业、施展才华、实现自我的乐土。反过来说，即使是为了去圆一个"淘金梦"，只要是"君子爱财，取之有道"，又有什么不好的呢？当年的"淘金热"演化成开发西部的漫长西征，使人类文明之火迅速燃遍整个美利坚，当代中国人为什么就不能借鉴此道，开发海南振兴我们的民族我们的国家呢？

中华民族原本是顽强不屈、勇往直前的民族，中国的男人和女人终于抛开沉重的桎梏，开始显露古老民族的阳刚之壮烈。我要振臂讴歌：海南人才弄潮儿们，唤醒民族魂的铁血中国人！

刊发于 1988 年 11 月 26 日《海口信息报》文学副刊

原点的坚守

拂晓时分，夜色被清风轻轻吹散，大地渐渐地苏醒，东方的天际袅袅升起粉红色的霞光。恰如庸常的每一天，张中舟迎着朝阳，赶在上班的高峰期之前，来到雁峰路口的岗亭，吹响口哨，打起手势，目送着人群和车辆井然有序地奔赴到他们的工作岗位。

28年啦，哪怕是节假日，无论风吹雨淋，无论酷暑寒冬，只要你来到雁峰的路段，就能看到他活跃的身影，他就像边境线上的战士，长年累月地守护着祖国的边防哨所。日复一日，年复一年，单调、枯燥，甚至痛苦、忧伤，是的，张仲舟也曾有过。那还是28年前，他通过公考成为一名交警，第一次穿上警服，带着一份新奇奔赴这个岗亭。那时心头满是兴奋，满是憧憬。一两个月过去，便渐渐地产生厌倦，难道，我的人生就固守在这尾气飞扬的马路，我的青春就这样无数次地重复着哨声和手势。他苦闷、彷徨，心里便产生一丝恍惚。就在这恍惚的几秒之间，一辆货车无所顾忌地向一辆小车冲去，眼前的惨相让他触目惊心。

事后，一位老交警找到张仲舟谈心，老警察那语重心长的话语如雷贯耳，至今还在他的耳畔回响："小张啦，我们的工作来不得半点疏忽，我们每天站在这个路口，不仅是拿着国家那份工资，更是在守护着人民的生命，守护着千千万万个家庭的幸福和安宁。"

就是从那一天开始，张仲舟才真正认识到交警的价值和意义，才真正感觉到肩扛盾牌的责任和担当。渐渐地，在与道路、岗亭、车辆厮守的光阴里，泅染出一片如梦似歌的光景。

28年的时光啊，张仲舟当过普通交警，做过雁峰交警大队路面中队、事故处理中队队长，让他经历的事情太多太多。

由于面对群体的多样性、复杂性，交警的工作得不到理解，甚至被埋怨、被谩骂，几乎是"家常便饭"。张仲舟时常告诫自己也教导大家，作为一名交警，有些委屈、压力、挫折，只能是关起门来诉苦，千万不要与群众发生冲突。

"看到这根线没有？这可是你的安全生命线！""上车先系安全带，骑行务必戴头盔！"这般春风化雨、耐心恳切的话语，经常流淌在张仲舟劝导违法行为的细枝末节，正是这些朴实简练的言语，让行人和驾驶员倍感温馨和亲切。

在张仲舟的笔记本里，记载着这样一段话："公正如矛，必克壁垒；清正如盾，必挡诱惑。有此矛盾，何惧矛盾。"

在交警日常的工作中，查酒驾、查无证驾驶、查一切违法违章行为，威胁恐吓的、请客送礼的、托人说情的，形形色色，五花八门，张仲舟见得实在太多了。他说："如果你去迁就，去委蛇，不仅是自我堕落，更是对人民的犯罪。"

那还是早两年的一天，张仲舟负责处理一起交通肇事逃逸案件，当事人家属希望能让逃逸者免于牢狱之灾，趁一个月黑风高的夜晚，通过七歪八拐的关系，找到张仲舟的家里，硬是将一个装满钱的箱子丢到客厅，希望他高抬贵手。而张仲舟指着对方愤怒地斥责道："你这不仅是对我个人人格的侮辱，更是对我这身警服的侮辱，请你出去！"

正是这种凛然的正气，让他击退了无数次糖衣炮弹的进攻。

时间真是一把无情的雕刻刀，岁月的侵蚀已经让张仲舟的两鬓布满白丝，长期的风里来、雨里去，更是让他落下了脚风湿、痛风、腰椎疼等职业性疾病。2024年的元旦春节期间，张仲舟的痛风病又犯了，一只脚浮肿得像个包子，穿不了袜子，更穿不进皮鞋。当时正是春运的紧张时期，路面上梳理交通的任务繁重，大冬天的他只能穿着拖鞋上路。

爱人劝他说："搞了几十年的路面工作，换一个岗位吧。"张仲舟却调侃地说："让我离开路面，那才是真正要我的命啦。"他只是默默地把药物藏到口袋里，疼急了，就用矿泉水吞服一颗。

有人说："老张啊，你也是五十好几的人了，看到天花板了，到底图个啥呢？"张仲舟说："我什么也不图，就图个把工作做好了，心里感到踏实。"

党和人民没有忘记张仲舟，这么多年，给了他太多的荣誉，优秀共产党员、先进工作者、嘉奖记功。对于这些，张仲舟却看得很淡很淡。

眨眼间又是傍晚时分，太阳渐渐西沉，下班的高峰时刻到了。张仲舟无暇回眸荣与辱的褒贬，更无暇顾及得与失的算计，他又得奔赴他的岗位，指挥着下班的人群和车辆安全地回到家，回到他们温馨的港湾。

张仲舟的身影，永远坚守在路面上砥砺前行！

刊发于2025年2月14日《人民公安报》"剑兰"文学副刊

暮年乡居诗意浓

欣闻衡东农村有位专向各地报刊撰写格言警句的专栏作者，尤其向《湖南老年》杂志"老人言"专栏发稿为盛，拜访之心已久。初夏，一个风和日丽的上午，笔者趁回乡探亲的机会终于如愿以偿。

老人名叫侯泽民，家住衡东县横路乡泉湖村。我们来到侯老的屋前，只见四周树木葱茏，浓荫蔽日，清爽宜人。屋后是一片望不到边际的茶树林，屋前一口半亩大的池塘，碧波荡漾，一株株嫩绿的荷藕，像一把把张开的小伞，在微风中一摇一摆，好一幅优美的画卷。

听说我们来访，侯老早已恭候在门口，他热情地迎上前来，笑呵呵地与我们握手致意。一见面，侯老就给我们一个浑身洋溢着年轻人朝气的感觉。虽说他已年逾古稀，满头白发，但精神矍铄，满面红光，眼睛炯炯有神，步履稳健，性格开朗，谈笑风生。屋里落座以后，话题自然是从他写格言警句开始。

侯老告诉我们，这些年来，他先后给《文汇报》"凡人警句录"、《湖南老年》杂志"老人言"等报刊专栏创作投寄了200多条格言警句，已发表80余条，并有部分被《湖南老年》杂志创刊100期结集出版。

我们问他："您是怎样开始写作起格言警句来的呢？"

侯老似乎深沉地回味了一下，接着向我们娓娓道来。那是1986年的下半年，从事中学教育事业达37年之久的侯泽民老师，从三尺讲台岗位上退了下来。突然离开火热的战斗生活，加之冠心病、脑动脉硬化等疾病缠身，蜗居陋室，时感孤单寂寞、苦恼悲伤，对战胜病魔也失去信心。

时值深秋，风雨晨昏，侯老触景伤情，勉成《退休有感》七律四首，直抒胸臆。其中前两首曰：

（一）

对镜无言独自伤，乌须黑发染秋霜。

韶光易逝催人老，岁序难留迫我慌。

两袖清风离教坛，一肩明月返家乡。

喜看桃李相争艳，莫负殷期翰墨香。

（二）

病魔缥缈绕天涯，风烛残年独自嗟。

几曲离欢声若诉，满腔愁绪乱如麻。

难分昼夜人疑梦，未辨晨昏眼渐花。

床榻呻吟难入睡，一轮寒月又西斜。

侯老在这前两首以及此处没有摘录的后两首诗中，虽然抒发了自己对从教37年的缅怀，对莘莘学子的殷切期望，对党的十一届三中全会以来路线、方针、政策的由衷赞美，同时也流露出了对岁月无情流逝、眼下孤单多病境况的感伤之情。这四首七律诗流传到乡里以后，引起了有关部门和侯老一些同窗挚友及诸多前辈的强烈反响。当地贤达人士、退休干部刘孟达先生首先步韵赋和，给侯老以精神上的温暖和慰勉。前两首曰：

（一）

欢度晚年莫自伤，苍松傲雪又经霜。

乱云飞渡神犹逸，急湍奔流势不慌。

落叶归根培沃土，举头望月暗思乡。

岁寒竞秀唯三友，胜似春兰秋桂香。

（二）

比邻尺咫似天涯，辜读华章不用嗟。

无意今朝谈梦觉，有缘他日话桑麻。

且看飞燕穿垂柳，莫听啼鹃泣落花。

同是林泉归甲客，劝君珍惜夕阳斜。

紧接着，附近乡邻的离退休干部、教师纷纷步韵和诗，范围遍及衡东、攸县、株洲、湘潭等县，人数达 32 人之多。

对于侯泽民老师退休以后的境遇以及由他带来的和赋诗热潮，乡老年人协会也表示了极大的关注。他们派出专人登门慰问，并给他送去了《湖南老年》杂志。侯老从孤独的情感桎梏中解脱出来，寻找到了一份精神寄托。他将离退休老同志们的和诗整理打印，装订成册，取名《抛砖引玉集》，散发给同窗挚友，并经常召集大家一起，切磋诗文，博谈古今，给老年生活增添了无限的乐趣。

与此同时，侯老还认真拜读乡老年人协会送给他的《湖南老年》杂志，尤其对于写在扉页的"老人言"专栏，更是百读不厌、百般回味，这些出自老年人之手的格言警句，给人们以极大的人生启迪。侯老找出自己昔日的教案、笔记，总结自己多年积累的人生体验，参考已经刊出的老人言，也写了一些格言警句给杂志社寄去。没想到，平生第一次投稿，居然一投即中，这登出的第一条老人言是："夕阳无限好——它决不因为即将落山而吝啬自己的光和热，而是把满天云霞烧得通红，给无限青山抹上耀眼的金色。"（见 1989 年第 6 期《湖南老年》杂志）从此，侯老便一发而不可收。近年来，他除了参加一些社会活动，帮助村里搞些民事纠纷的调解外，几乎把全部精力用在了读书看报、切磋诗文、创作老人言上面，每隔一两天就要写出一条格言警句来。有时候，为了写出一首好诗，创作一条好格言，连走路、吃饭、睡觉、上厕所也凝神苦思。

有一次，临睡前他构思了一条教育后代的格言，但总觉得其中的一个"跑"字用得不太妥当。半夜三更时分，突然在梦中推敲出来，他立即从床上爬起，记到放在床边的烟盒子上，第二天誊正寄出去，也很快就登出来了。

看到侯老这种聚精会神近乎神魂颠倒的样子，老伴调侃他说："我老头子年纪一大把了倒要成圣人呢。"侯老也风趣地回答说："我不是要做孔夫子老三，我是争取老有所为老有所乐呢。"

有了一份精神寄托，有了对人生的美好享受，侯老那感情的孤舟开始充满诗意，思想开朗了，心情舒畅了，加之积极投身社会生活，每天坚持半个小时的体育锻炼，他那多年缠身的疾病也被赶走了，而今能吃能睡能劳动，连续步行 30 华里的山路也不费劲。

说到此处，侯老深有感触地说："你们看我这身坯不亚于一个 50 来岁的人吧。"紧接着，侯老又用一句富有哲理的"老人言"结束了他的谈话："人退休，只要思想意志没有退，只要人间温情存，他就永远活在青春时代。"

听着侯泽民老师这意味深长的谆谆哲语，望着他那充满豁达、自豪乐观的音容笑貌，我们也由衷地笑了。是啊，生活在我们社会主义大家庭里的每一位老人，他们是能够走出暂离岗位的孤独，走向一份美好新生活的。

刊发于 1996 年第 8 期《衡阳工作》杂志

双园街轶事

双园街，一座远古的集镇，一条幽静的小街，默默地镶嵌在洣河岸边，给悠悠的碧波带来了灵韵。街宽五步，长约百米，像一条河流似的将小街一分为二。于是，乡亲们耐不得寂寞，在这"小河"中摇曳邀游了。

小街便有了一串串的故事。爷爷说，那是苦和涩拼凑起来的；奶奶说，那是沉重的生活砝码。岁月的车轮驶进 20 世纪 80 年代，改革的浪潮席卷中华大地。小街在弄潮中渐渐生出些伟岸，生出些潇洒来。小街的故事注入了新的血液，浪尖推出一个颇有些传奇色彩的人物。此公何许人也？小名"狗宝"，大号张春生，高约一米七，敦敦实实的汉子，不是官家人士，亦非家庭长老，只是一个小小的缝纫个体户。

张春生自小学习缝纫，早先躲躲藏藏，做做上门工，赚点盐油钱。就因这，也被拘留审查过。党的农村政策放宽以后，他发挥自己的一技之长，在乡信用社的扶持下，从事服装生产经营。现在每年加工销售服装两万件，产值十万多元。名气炸响，成了方圆一带的"大富人家"，事迹还登了报，上了电视哩。

说起张春生的生财之道，小街人总结了条条套套，诸如：信息为经营之源，信誉为经营之本，质量为经营之宝，等等。但小街人风传最广的还是他的那段"风流韵事"。1984 年底，春生去广州推销服装。时至晚上八点左右，他在街上溜达，恰巧碰上一位身穿背心式击剑服的摩登女郎。张春生一下子给迷住了，紧紧盯上，手不停地比画。姑娘起了疑心，加快了脚步。张春生也跟着加快脚步。追了一段路程，直跟到了姑娘的家门口。姑娘吓慌了，大喊"救命"，屋里立刻冲出两男子，给了张春生两耳光。张春生还感到莫名其妙，直到姑娘大声叫骂，他才如梦初醒。费了好一番口舌，结果还是被扭送到了附近派出所。没办法，他只好给家乡政府挂了一个长途，才免了牢狱之灾。这番折腾，张春生却连连说："值得！值得！"事情一切弄明白之后，那姑娘竟然将这套服装赠予了张春生。回家后，他立即投入生产，至今畅销不衰，盈利三万多元。张春生生产的服装畅销省内外，多次参加上海、广州、杭州等地的时装展销会，正是缘于这种入迷的精神吧。

一花引来百花开。整个双园街 32 户人家，几乎家家都搞起了服装自产自销。有几户不懂行的村民，学着张春生，从广州进布料，再从张春生那里搞几个"纸样"，雇请几名裁缝师傅就做起服装来，一年也能赚上好几千哩。

夜，降临了，双园小街灯火通明，缝纫机停止了一天的欢唱。人们在灯下读书，在屏幕上看戏，手捧浓茶，平复一天的劳累。然后，进入梦乡，梦古镇，梦小街，甜滋滋的，梦那一个接一个的黎明……

刊发于 1988 年 7 月 11 日《湖南金融周报》"银海"文学副刊

酿蜜者谱写的乐章

　　晨曦微露，暮色苍茫，我常常独自踟蹰在花团锦簇的公园小径，只见一群群五彩缤纷的飞蝶，翩翩起舞；一只只小巧玲珑的蜜蜂，辛勤耕耘。此时此刻，我联想的骏马便尽情地驰骋，一个个为人民默默地无私奉献者的身影，在我思维的屏幕层层叠出。她，罗君，一个普普通通的女性，一位机关兼职文书档案员，那匀称的身材，温柔的微笑，朴实的话语，忙碌不停的身影，更显得那么明朗那么清晰。

　　最初引起我对罗君的敬佩，还是我刚刚调到机关工作不久的一天。那是个充满温馨的日子，领导突然交给我一项艰巨的任务：下午三点钟以前写好一份关于发展农村职业技术教育的材料，上报市教委。刚来乍到，这可是领导交给我的第一项要笔杆的任务，完成得好与坏，将直接关系到领导对我的最初印象如何。我想，这第一炮是非打响不可的。曾记得收藏过几份省市领导关于发展职业技术教育的讲话材料，具有很高的参考价值，我想找出来看一看。然而，翻遍了我所有的书柜抽屉，都没能找到。时间悄悄地过去，眼看离交稿时间只有三个多钟头了，我不仅没有写一个字，而且为找那几份讲话材料，已经弄得晕头转向，稀里糊涂。这时，我就像热锅上的蚂蚁急得团团直转，焦急、沮丧烦扰我的心头。正在这时候，罗君来到了我的跟前，她看到我焦急的神情，便亲切地问道："你是怎么了？"我连连叹息道："唉，糟了，糟了！""什么事吗？"于是，我便将自己的苦衷讲了出来。没等我讲完，罗君打断我的话："咳，为什么不早说呢，快，我那儿有这几份材料。"罗君将我带到她的办公室。啊，好整洁好清新啊！四个小小的档案柜，内中各种文件资料，分门别类，整理得井然有序。她打开第三个柜子，未加任何思索地从第二格里拿出了我所要的那几份资料。我接过来如获至宝，看后心里豁然开朗，对如何写作材料脑海里立刻有了清晰的框架。写作前，罗君又给我提了一些建议，使我只花两个多小时，就很顺利地完成了写作任务。当我把誊好的材料交给领导审阅时，领导连连赞赏说："不错，不错。"当时，我成功的喜悦就甭提了。我想：要不是罗君完整地将那几份讲话稿及时提供给我参考，解除我的燃眉之急，还不知今天是个什么样的难堪境遇呢！

罗君办公室那四个档案柜，珍藏的文件资料，至少也有几万份吧，整理得那么有序，竟能及时、准确地找到查询者需要的材料，实在令我惊异。事后，当我与同事谈起这件事的时候，我们办公室主任诙谐地对我说："你呀，对我们女同胞之伟大还了解得甚少呢，她可是我们县里档案管理工作的先进人物，去年县里召开档案工作经验交流会，她可是三个登台介绍经验者之一呢。"哦，她还是先进！敬佩之情在我心中油然而生。

的确，档案工作都是些烦琐、零碎的事情，有时候让人看不见、摸不着，做了事也看不到事。基于这个原因吧，我以前对罗君所从事的工作看得太普通太平凡了，没想过，伟大正是寓于这些普通平凡的琐事之中。从此以后，罗君在机关里的一言一行，都成了我注意的对象。

闲聊中，得知罗君对档案工作的认识也经历了一段曲折的过程。1985年4月，罗君从中学教师的岗位上调来教委搞接待并任机关档案员。教育系统线长面广，全县600多所学校5000多名教师，来信来访来电的处理，迎来送往，端茶倒水，上传下达，收收发发，打扫卫生，就这些，她就累得够呛。领导要她兼任文书档案员，开始她的思想有些畏难情绪，工作热情不高。然而，有两件事深深地触动了她的心灵，使她的思想发生了转变。那是早几年，教委抽调三位同志编写教育志，由于以前的档案资料不齐全，只好派人到衡阳、长沙等地四处查找资料，询问当事人，既浪费了人力物力，又因为年深日久，情况往往搞不清楚，增加了编志工作的难度。由此罗君想到，现在把文书档案管理好，就能把历史的真实面貌记录保存下来，给后人留下宝贵的财富。第二件事是在落实政策的时候，有的人凭着档案资料中的一张表格、一份凭据，就顺利地得到了落实，而有的人却跑了无数次，就因为找不到原始依据，无法作出结论，久拖不决，甚至不了了之。从这里罗君体会到，现在收集这些文字资料，这些表格、录音、照片，说不定将来还会派上大用场。当然，这还仅仅是一些感性认识，更主要的是她通过几次参加县档案局举办的培训班，学习了《档案法》和档案工作的基础理论知识后，她深深懂得了档案和档案工作在"两个文明"建设中的重要地位和作用，做好本机关的档案工作，不仅是为党和国家积累财富、管理财富，维护历史真实面貌的需要，而且是帮助领导决策，促进部门整个工作向前发展必不可少的环节。

有了这一深层的领悟，罗君便以极大的热情投身到档案工作中。她从材料的收集、整理、编目到保管、利用，全部工作一肩挑。眨眼五个春秋，罗君光整理各种档案案卷就达250多卷。有段时期，领导见她忙不过来，要请个人来帮她整理，但罗君认为：请人整理一年的案卷，一则需要增加开销，二则没有懂得业务的合适人选，三则有可能造成档案泄密。于是，她谢绝了领导的好意，利用晚上加班加点，硬是把一年的案卷整理完。

提起罗君收集文件材料，教委机关每一位同志都领教过她那"跟踪追击""穷追不舍"的韧劲。记得那是前年3月的一天，机关里有位同志匆匆忙忙上厕所，身边没带手纸，仅有一份刚从市里开会带回来的复印材料，他就顺便从上面撕掉了最后一页。随即，罗君在整理案卷时追问这份材料，发现这位同志交上来的材料缺了最后一页。当她问清缘由后，为了保持原始材料的完整，她问遍了本院子所有局机关工作人员，都找不到这份材料。最后，她硬是逼迫这位慌乱中出了点小差错的同志，用火钳把那张作了手纸的一页从粪坑里挟了上来，摊开逐字逐句重新抄写打印，事情才算罢休。罗君就是这样，偶然发现一份文件下落不明，她就会不惜费尽一切心思去找、去索、去追，材料到手才放心。

保存文书档案资料的目的在于利用。罗君把自己全部的爱心和热情都倾注到了她接待的对象，无论是本机关还是外单位的人来查阅文件、借阅文件，或是咨询，她都是热情接待，迅速准确地提供，使来者高兴走者愉快。记得那是一个寒冬的下午，离下班时间只有几分钟了，突然，从外面走进一位60多岁的老人，冻得直打哆嗦。罗君连忙找来炉火，让他暖和身子。经打听，这位老人是本县一所中学的退休教师，为查找一份关于退休教师待遇问题的原始文件，特意从40多公里外的乡下赶来。可是，这份文件刚好在当天下午被外单位一位领导借走了。已经到了下班时间，电话打不通。罗君叫老人先在接待室烤火休息，自己赶紧骑上单车,冒着凛冽的寒风,朝那位领导家里奔去。一个小时后,罗君终于把那份材料追回来了。此时虽然寒气逼人,她却跑得满头大汗,直冒热气。但这位老教师看了文件后,却大动肝火,因为文件中没有把自己划归到照顾的范畴,他把满肚子怨气一股脑儿朝罗君身上发泄。一片好心换来一顿怨言,罗君的心里实在感到委屈。但她考虑到查询者来自基层,不懂情况,又是老同志,她始终和颜悦色,耐心说服解释,最后让老人口服心服,连连称是。时间到了晚上八点多钟,罗君的丈夫以为她在单位出了事,骑车赶来接她。罗君把老教师带到自己家里,为他安排好住宿。第二天,老教师临走时,千恩万谢,感激涕零。回家后,他多次给教委领导写信,赞扬罗君舍己为人、工作认真负责的精神。

我的思绪还在翻滚,突然,又一群蜜蜂嗡嗡嗡地从我的眼前飞过。它们飞到一株树冠呈伞状的大茶树上,分散到一朵朵花蕊中采集花粉,酿制蜂蜜。吟咏罗君老师在人生旅途中谱写的一曲曲动人的乐章,我分明觉得,她,以及千千万万个档案工作人员,不也正是生活在这块大花园里辛勤的酿蜜者吗?他们收集、索取、追查文件资料,犹如采蜜;他们系统地整理、鉴定、分类、立卷归档,犹如酿蜜;他们整理档案,供大家借阅、咨询、查找、提供利用,犹如供蜜。平凡、琐碎、劳碌,默默无闻地辛勤耕耘,这,正是他们闪光的美德,这也正是他们伟大之所在!赞美你,罗君同志;赞美你们,为人类采花酿蜜的千千万万个档案工作者!

刊发于 1991 年第 4 期《湖南档案》杂志

庄园梦

一个夏日的上午，阵雨过后，凉风习习，我们驱车前往衡南县远近闻名的"种养大户"、县政协委员贺正保创办的个体养殖场采访。小车驶过衡南县江口镇，沿一条蜿蜒的乡村公路行约 2 公里，至耒河岸边，一座现代化农家庄园便呈现在我们的眼前，整个庄园依山傍水，占地面积 12 亩左右，周围是高高的围墙，墙内是两栋钢筋水泥砖混结构的厂房。我们走下车来，鸡鸭齐鸣，好似代表主人迎接我们这些远道而来的客人。

听到小车的喇叭声，贺正保夫妇笑嘻嘻地迎了过来。老贺今年 51 岁，中等身材，憨厚朴实的神情中流露出敏捷、强悍的气魄，纯朴真挚的谈吐中表现出机灵、睿智的神采。还是在少年时代，贺正保就有心挖掘家乡的自然资源，创办一个农家庄园，发展种养加工业，以带动家乡经济的繁荣。然而，漫漫人生，命运坎坷多舛，庄园梦，圆梦何其难。

20 世纪 50 年代初，贺正保就读于衡阳市首屈一指的衡阳市八中。他发奋攻读，成绩名列全校 200 多名同学前列。但在毕业的那一期，突患疾病，被迫辍学。从此，他便告别了校园生活。回乡后，村民推荐他担任民办教师，但不到一年，就被莫名其妙地刷下了。他想，也好，安身农村，有机会实现自己的庄园梦了。

然而，在那非常的年代里，这无异于天方夜谭，自闯火海，才刚刚起步，在衡阳贩卖了一些农副产品，灭顶之灾便无情地降临到头上，他被当成"牛鬼蛇神"扫进了监狱，劳教两年。劳教归来，贺正保更感家乡那片可爱沃土的温馨，此时，他似乎已经成熟了许多，庄园梦，梦难圆，何不干点其他的活。拜一位木匠为师，随后的10多年岁月，贺正保走南闯北，为农民打制农具木器，心灵也得到了一份暂时的寄托。

1978年，沉淀禁锢了二十几年的中国，春的气息渐渐地来临神州大地。政策慢慢放宽，人们的心灵也随之开始萌动。

贺正保以其敏锐的眼光，在那偏远的山村，最先捕捉到了这时代的脉搏，率先在镇街道租下屋子，办起一家家具厂，生意日渐红火。有了一些本钱之后，他又改做水果生意，以其良好的职业道德和热情周到的服务，赢得了广大顾客的赞誉，4年时间，就获利3万余元。手里有了本钱，那失落破碎了多年的庄园梦，又重新闯入了贺正保的梦境。正在此时，县个体劳动者协会召开了全县文明经营户表彰大会，会上，县领导号召大家走下经商做生意拥挤流通领域的独木桥，向生产型和第三产业的领域进军。

这无异于一声时代的号角，顿时吹开了贺正保的心扉，从此开始向那"庄园梦"的世界翱翔。没资金，他除将自己的积蓄全部投入外，又通过有关部门的支持，贷款两万元；没技术，他专程跑到市里买了20余本《科学养鱼》《柑橘栽培与管理》《雏鸡饲养技术》等科普书籍，拜县农业局、畜牧水产总站的行家为师，半年下来，20本农业科普读物，让他翻了一遍又一遍，碰到不懂的问题，就统一用一个本子记下来，等到市里办事，逐个向农艺师们请教；没场地，他在镇政府的帮助下，购买了原镇劳动服务公司的两栋加工厂房，并投资一万元维修，加砌了围墙，平整了泥坪，改装了猪舍；没设备，他除到市里购买了一部分外，还发挥自己会干木工活的技能，对照科普书的介绍，自己配置。经过半年多的艰苦努力，一个投资5万余元的养殖场终于办起来了。

然而，任何一项事业的成功总要经过一些挫折和艰难的搏击，贺正保当然也不例外。场子是办起来了，摆在他眼前的困难却一个接着一个，就说这贷款吧，开始与营业所签订合同贷款两万元，分期付款，第一次付款五千元。可当第二次需要取款购置猪饲料的时候，营业所却因故中止付款，场里30多头长白猪坐等饲料，不贷款就没钱买饲料，不购饲料，已经投入生猪养殖上的8000余元就将付诸东流。家里的人就像热锅上的蚂蚁，急得团团转，在这节骨眼上，正保却保持了出奇的镇静。经过多方周旋、抗争，终于取得了第二笔贷款。

在孵化小鸡的过程中，贺正保也遇到了挫折。那是在孵化第一批鸡仔的时候，他投资一千多元，按每只良种鸡蛋0.5元、每只良种鹅蛋1.2元的价格，购进了1200多只良种蛋，按《仔鸡孵化》书的介绍，他组装了孵化箱，装上温度计，箱内温度控制在35℃~39℃，不料，几天后，1200多只良种蛋全被烧坏。原因在哪里呢？贺正保冥思苦想，未得其果。他高薪聘请了一位高级农艺师上门指导，经孵化技术处理一切正常，问题出在温度计上，这是5根劣质温度计，显示的度数比标准温度误差三四摄氏度，贺正保没有过多地埋怨命运和社会的不公，换下温度计，从头开始，20天后，第一只雏鸡"叽叽"的叫声终于带给贺正保成功的喜悦。

人生就是这样，走过坎坷就是坦途，走过黑暗就是光明。贺正保终于获得了事业上的丰收。创办养殖场的第一年，出栏生猪56头，孵出雏鸡10000多只，出售长沙黄肉鸡400多只，收入2.3万元。然而，成功属于过去，自强不息的奋斗者，在其人生的乐章中永远没有休止符。去年，贺正保又投资2万元，高薪雇请了5名帮工，承包了生产队的8亩水面，又将自家5亩责任田改成水池，放养鱼苗6万尾。同时，他的眼光又盯住了家乡背后那片光秃秃的荒山，经全组村民讨论通过，他投资6万元，包下22亩开发利用。去年冬天，已全部翻松平整，栽下柑橘1260株、赖李830株。今年春上，这一株株、一排排新栽的柑橘、赖李，长出了一片片嫩绿的叶子。夏雨刚过，它们贪婪地吮吸着这雨的甘露，显得那么清新，那么茁壮，那么挺拔。

站在高高的山头，贺正保创办的农家庄园尽收眼底，高高的厂房，波光粼粼的鱼塘，鳞次栉比的鸡舍鸭棚，茁壮嫩绿的果树，这是一幅多么壮美的画卷！此情此景，令我们不禁发出由衷的赞叹："贺老板，你真行啊！"贺正保也深情地回答我们："庄园梦，做了几十年，今朝终于得以实现。不过，来路还漫长，过几年请你们再来看看吧，这里一定会是另一番别致的景象。"是啊，贺正保，未来不是梦，未来更美好！

刊发于1993年第9期《企业家天地》杂志，1993年第9期《工商之友》杂志

展览厅，父亲哭了

从那片原始的荒野，从那条曲曲弯弯的羊肠小路，从那个蔓延了两千年的乡俗，父亲走来了，走进梦中不曾有过的世界，走进老一辈传说中似有非有的境界，走进一个艺术的画廊——县文化馆美术作品展览厅。

听乡里的干部说，这里，有他儿子的两幅山水画。于是，他告别了风风雨雨相依为命的老黄牛和看家狗，带着活了一辈子不曾有过的骚动和燥热，走来了！

眼前的事物太朦胧太深邃，他犹如一朵飘浮于蓝天下的白云，满目只有闪烁的光环；又似一艘置身七彩湖的孤舟，恍惑了哪是彼岸的航程。是的，他于画画于艺术，落差得太远太远。他阅读过岁月的沧桑、世事的沉沦，却没有阅读过一个真正的方块字；他淌过的小桥流水比青年人走的路还长，却始终没能走出祖辈留下的小径。

然而，迷茫中他发现了一颗耀眼的星，惶惑中他找到了一盏闪烁的航标灯。那，不是儿子的画吗！他不曾看懂画幅下那标签似的小纸关于他儿子的介绍，而对画作的内容，他太敏感太熟悉了，视线刚一触及，默契的亲切即刻融入身心。你看，那一片郁郁的葱绿，不正是自家屋后亲手栽种的翠柏苍松；那一摊金黄的稻浪，不正是自家责任田里丰收的礼赞；还有雪白雪白簇似锦堆如山的棉花，走在田埂的老黄牛，驻足门前的看家狗！

"儿子的画，儿子的画！"他像一个3岁的孩童重复着天真的呓语，眼里泛着神奇的光，脸上的每一处肌肉都在幸福地颤动。

忽然，他哭了，是抑制不住的喜悦，是汹涌澎湃的激动。两滴老泪流出眼眶，在纵横交错的脸颊艰难地蠕动，怒放的心花顿时深沉如远山定格的风景，呵，还有那酸楚的记忆，混沌的日子……

那个大雁高飞的季节，干瘦了一年又一年的黄土地，终于以一掬热情赤诚地献给人间以欢笑。父亲卖了一车余粮，换了一叠"工农兵"。多少年的希冀，多少年的梦！他捧着，就像捧着自己的生命，亲了又亲。最后，小心谨慎地封了一层又一层，藏在家里的衣柜里，筹划着为儿子建设一栋"洋"房子。可在第二天，这笔钱少了一半，儿子拿走溜到城里参加什么"美术创作培训班"。父亲就像丢了心肝宝贝，狠狠地抽了儿子两巴掌："混账东西，败家子，我不学画画，一样活了几十岁。"

蓦地，父亲抬起了颤抖的手，轻轻地擦干了泪水，也抹掉了昨天的酸楚："孩子啦，你还要学什么，学玉皇，我给你买天堂。"

沉重的心音在展览大厅回荡、回荡……

刊发于1989年5月9日《湖南文化报》"湘土"文学副刊

心路旅程

灵魂迹象

法国思想家帕斯卡尔说："人是一支有思想的芦苇。"这话揭示了人的生命之脆弱，也昭示了人的思想灵魂之高贵。人的日常不时会有各种混沌与羁绊，正是有了思想灵魂的运动，我们的生命才不至于成为一个庸碌的躯体。由此我无限缅怀已经渐渐远逝的思想灵魂运动的迹象，正是有了它们的组合，我的人生才显得多姿多彩、意义非凡。

寻觅逝去的感觉

好久没有静静地坐在书桌前，沉醉于一部动人心魄的书，或是挥就一章畅快淋漓的作品。而对过去那种读书与写作的心理体验，却是刻骨铭心挥之不去，便处心积虑寻回那份失却得并不是十分遥远的感觉。有些日子，每天都买回一本新版的杂志，寄希望从阅读中回归那种清纯与淡泊的心境。委实亦有不少的篇什，让心灵的感应中产生些许激动。然而，读过之后便荡然无存。浮躁的心已经无法让书中之玉萦绕脑海激发万般感慨情绪骚动。想写点东西，还没动笔，神思愈是飞扬，意念中倒期盼着邻居叫去玩几盘纸牌，或是同事打来电话到餐桌上痛饮一番，以寄托暂时无聊无奈的心绪。然而，时光在这种无以言表的意趣之中消磨之后，一种如同瘾君子吸食之后的愧疚便涌上心头。于是，多想回到从前，在静谧的书海里，在畅快的写作中，拥有那份寂寞中的愉悦，孤独中的充实。

这时，愈发思念那些过去的日子。偏僻的山村，简陋的书房，陈旧的书桌，单调的几份书报，老式得近于被人遗弃的小匣子收音机，委实过于贫乏。身居陋室，年少的情怀却颇具放眼世界之豪气，无忧无虑，只有对未来的憧憬，对美好的向往。办公室是狭小了一点，土气了一点，甚至光线暗淡了一点，但贴上自己书写的诸如"书山有路勤为径，学海无涯苦作舟"之类格言警句，也足可以让人感觉到陋室的庄严与神圣，足可以感觉出力量源泉的纷呈与伟岸。尽管老掉牙的收音机近于淘汰，但它可以让我一边读书，一边写作，一边欣赏优美的音乐，文思泉涌，身心愉悦；可以让我身居陋室心知天下。书报是太少太少了些，可就是这有限的书报，能让我一个字一个字地抠，钻研个透，居然融进灵魂深处，经久不忘受益终生。还有，每隔两天、三天甚至一周才进村一次的邮递员，虽然来的次数太少，周期太长，但终究给人一份期盼，一份希冀，他会给我带来远方的信件、远方的书刊，更重要的是，把从陋室炮制出的用粗糙的纸张誊抄的文稿，跨越千山万水，走进城里的高楼大厦，而后变成铅字散发着油墨的芳香，带回我的书桌，直让我欣喜得如痴如醉无与伦比。

难道，人，永远只能停留于过去？什么都前进了，宽敞明亮的办公室，宽大光滑的书桌，全国各地如林的报刊每天定时摆放到桌前。这些不都是过去所向往所期待的吗？而终于得到，心灵的感应为什么反而不如从前充实了呢？

又是双休日，因为回味，因为神往，便刻意地追寻那份过去的感觉。打开收音机，当然已经是高级音响了。久违了，亲爱的播音员同志，"星期天特别节目"，老牌子节目，还如从前一样的清新，一样的朴实，又正好播放着《牡丹之歌》《在那桃花盛开的地方》等多年前流行的歌曲，正融合了此时的心境。欣赏着音乐，想起书法怡情养性、延年益寿之功效。过去每天清晨写两版毛笔字，当然那纯粹是习字，只是随着阅历的增加人性的老成，对书法意蕴的理解也就增多增深了。提起笔来，让它沉淀一下纷飞的神思，再制造一下书房的氛围，"书山有路"之类当然已经不能吻合现时的心境，写上"海纳百川有容乃大，壁立千仞无欲则刚"，写上"为人为文，绝权欲，弃浮华，潇洒达观，归其无籁。"贴于壁上，孤芳自赏，渐渐地，一种曾有的感觉像小虫子似的爬上心头。再翻翻昔日的书刊、昔日的剪贴本、昔日的笔记、昔日的文稿，好感动，好亲切啊！刹那间，过去的感觉，回来了！一份神韵涌上思维的空间，抒发的激情喷薄而出，痛快淋漓的篇章诞生了！我不能肯定，这感觉是一瞬间还是永恒，来日不会喧嚣吧，来日不会浮躁吧，这世界的诱惑太多太多，可是，有什么诱惑比心灵的充实和愉悦更为珍贵，"活的是心情"，人生在世，能有这种沉醉的心情相伴，足矣！

信以为真

书信对于人类的生活似乎越来越遥远了，可我不时怀念起过去那种读信的感觉。

平生对信有一种特殊的感受，读信让人走进一种氛围，尤其是读那种情真意切、感人至深的信件，比如家书和情书，会让你的心灵得到净化，灵魂得到升华，读着读着，不知不觉便走进那种物我两忘、温馨惬意的空灵境界。所以我说，读信是一种享受。

　　然而，近日与两位朋友的闲聊，却让我感觉到信的悲哀。第一位朋友说，我不写信，也不希望收到信，有事打个电话，或面对面地说，其理由是信中的话不是真实的。第二位朋友是位硕士研究生，他回忆自己的学生时代，特喜欢写信，几乎每个星期都要写上好几封，也要收到好几封信，每写一封信都要精心炮制。可是，走上工作岗位以后，就再不写信，一般只打电话，万不得已需要写信，也是三言两语，把事情说清即罢。我插话说，用信的形式交流，有时更能达到表述的效果，读信更让人感动。朋友马上接过话说，是呀，信中表达的是一种虚情假意，虚情假意的东西往往容易让人感动。这不，信还是假的。两位朋友的坦言，还不是对写信者自身的真诚持有怀疑，而是对书信这种交流形式的否定。可见书信——这个文明世界人类交际的天使，在他们的心目中，悲哀到何等的程度。初听起来，从某种意义上去理解，两位朋友说的似乎有些道理。这倒让我自然地联想起了我曾经教过的一名调皮的学生，那时他的母亲在广州打工，我读过他的一些写给母亲的信件，他的母亲也动情地向我描述过读到儿子厚爱亲情的信件时那种由衷的感动和欣慰。是啊，儿子保证如何如何努力学习，怎样怎样报答父母的养育之恩。朴实的语言，像涓涓细流，沁润心田；纯洁无瑕的情感，像暖暖春阳，沐浴身心。然而，在现实生活中呢？这位学生却总是无法兑现自己的诺言，学习还是不用功，作风照样拖拉。我曾用他写给母亲信中的话语教育他，提醒他不要忘了向母亲的表白。他的表现当时也会好那么一下子，可顷刻之后便抛到九霄云外。

　　那么，由此是不是就印证了两位朋友的观点呢？仔细想想，并不是。我的学生写给母亲的那么多动情的信件，完全是出自少年情怀灵魂深处亲情母爱诸多情愫的真实流露，毫无一点矫揉造作，他也的的确确有心这么去做，只是因为年少，自制力不强，而不能用自己说过的话去规范自己的行为。

坦率地说，对于朋友的观点，**我无法恭维**，也不能接受。或许是对精神上的东西看得过重的缘故吧，我始终不能改变书信在我心中的美好印象。不要说《一封家书》唱遍大江南北，温暖了多少孤独寂寞的情怀；不要说鲁迅、许广平《两地书》的千古绝唱，震撼多少彷徨痛苦的心灵；就说我那朴实的父亲吧，一封带有不少错别字的家书，就足以让我泪水盈盈，感动不已。在我的工作中，也常常缺少不了这种精神上的力量。鄙人目前干的是爬格子的营生，经常到农村去搞些调查研究，编着市里的一份刊物，忙忙碌碌，有时会突然对自己产生怀疑：我干的这份工作真有价值吗？我是不是在白白地浪费读者的生命？这种怀疑有时会使自己变得懈怠，好像狂奔了半天，突然失去了方向。可是，那天我收到了一位读者的来信，信中说："很喜欢你编发的文章，有一定的深度，读后让人深受启发；也很喜欢你写的文章和反映农村问题的调查报告，富有哲理，引人深思……真诚地祝愿你写出更多更好的作品。"短短几百字的来信，让我好受感动，它不仅给我带来了精神上的愉悦和慰藉，而且使我看到了自己劳动的价值和意义。读这样的信，戴上"假"的帽子，不是亵渎了真实美好的情感吗？

是的，信是有假的，正如话有谎言一样，这只是玩假者的罪过，而并非信本身的弊端。诚然，书信也不如直接的交谈来得那么爽快，不如物质上的给予来得那么实在。但无论通信事业怎么发达，物质生活怎样纷呈，生存在这个世界的书信文明却是无任何东西所能替代，就像我们孝顺老人，给吃的、给穿的，每个月都给大量的钱物，但是，好久不去看他，不跟他说一句话，不给他写一封信，他照样不满意。文学是感人的，诗歌是感人的，音乐是感人的，假如世界少了这些感动，那我们的生活将是多么的枯燥和乏味。更何况，通过书信的天使向你袭来的还有那份深深的友情、依依的亲情、浓浓的爱情，心灵能不为之动容，生命能不为之灿烂？这份感动岂不是至高无上的瑰宝，它是任何物质的给予都无法换取的。信以为真，信载真情，真情永远啊。

远离闲逸

当我处在紧张而繁忙的工作时，我多么向往那清闲和舒坦的日子。我总是慨叹时光过得太快，属于自己的时间太少。我幻想着有那么一天，没有一个电话来烦忧，没有一人上门来闲聊，没有一件琐碎的事情来纠缠，享有时光丰厚的赐予，并由自己来支配。这样我就可以好好地干自己的工作，静静地读读书，写写文章，做自己想做的事情。我想，那定是一种神仙般的惬意。

然而，当渴望许久的这种闲逸终于到来的时候，心灵的感应却并非我想象的那么轻松和舒畅。委实说，我眼下的工作很轻松，时间也非常充足，这本来是充实和提高自己的极好机会。但正如金钱的富翁感觉不出金钱的可贵一样，做了时间的富翁反而觉得无所事事。整天整天，日复一日，只感到脑子里一片空白。我强迫自己坐下来，从书架上抽出一本书来读，却很难读得进去。拿起笔想写点什么，却一阵的困惑和茫然。有时候望着那些忙忙碌碌的身影，我像一只关在笼中的困兽，在屋里来回踱着步，更觉得空虚无聊，索然无味。我也想把时光耗费到那些毫无意义的闲聊或者玩乐之中去，又觉得实在可惜，如此亦担心给人留下不合群的印象。真是心烦意乱，无聊又无奈。忙碌的时候渴望闲逸，拥有闲逸却如此的烦恼无奈，是天生不会享乐，还是习惯了往日的劳碌，反倒不适应眼下的清闲了呢？

想起了我操劳一生的母亲和辛勤忙碌的大嫂。可以说，我的母亲一辈子没有过个安闲舒适的日子，长年累月，起早摸黑，忙个不停。稍有空闲和邻家的奶奶、婶子们坐在一起拉家常，手里头也做着活计，不是纳鞋底，就是织毛衣。而今母亲年过八旬，完全可以坐享清福，却也总要溜溜园子，做些家务，且显得十分的快乐。我不止一次地劝母亲歇一歇，她总是不以为然地说："不苦，手里头有活做，心里还踏实些。"似乎静静地坐下来，倒是一种痛苦。

我的大嫂也是一位人到中年的农村妇女，可以说自从嫁到我家来，除了晚上休息，我还从来没有看见她好好地歇息过。大哥身体不是很好，嫂子忙了田里忙家务，是我大哥得力的贤内助。今年春节期间，我接母亲和嫂子到城里来住了几天，我见嫂子整天都是坐立不安，倒不是对家里有过多的牵挂，因为家里有大哥在，还有已经成年的女儿，她可以放心了。让她苦恼的是在我家没事可做。几天下来，就像大病了一场，头昏脑胀。她说："吃好的喝好的，没事可做，还不如干农活舒服。"尽管我一再挽留，她还是只住了三天就执意提前回到了她亲近的土地。

母亲和嫂子，其实还有许许多多像她们一样的农人、工人、离退休老同志等，他们整天的忙碌难道仅仅是为了生计吗？不，他们是在享受劳动的快乐！

我终于明白自己为什么不能享受清闲的时光了。或许是秉承了劳动人民的天赋吧，我无法远离劳动。读过这样一句名言：劳动让心灵充实，闲逸使心灵飘忽。记得我的一位搞写作的老师也曾说过："忙里偷闲才能产生灵感，要是有太多的时间让你搞创作，你反而写不出东西来。"老师的话似乎有些绝对，但无所事事的闲逸，的确让人生出许多的烦恼和苦闷。平常繁重的工作，也许会给人留下肉体上的疲劳，但并没有让人有太多的工夫去发愁发呆，去放纵思想生出诸多的是非。相反，每项重大工作任务的完成，每一篇玲珑小作的发表，却总能深深地让人感到一种胜利者的自豪和快意。

我又不禁向往起那热血沸腾的工作，向往那忙忙碌碌的人生。诚然，在下老大不小的了，但毕竟还要走一段很长的路程。平生没有能力成就一番大的事业，却也不想庸庸碌碌了此一生，因而总得干点什么。是的，那本《当代哲学思潮概观》该马上啃完；工作总要尽力干好，一年下来不出一两个成果也愧对饭钱了；爬格子的营生，过去那"日读三万言写三千字"的劲头，即使难以光大，也当力取保持；当然，也不想做古时候那种贫困潦倒的穷书生，有正当赚钱的门道，也要一试身手；至于做官的大小，则顺其自然了。总之，不要让闲逸使自己懒惰，必须让生活有规律、有光彩，既轰轰烈烈又扎扎实实。

守望自己的风景

单位里组织革命歌曲大合唱，邀请来的指挥是一位专业文艺工作者，伴随着节奏明快的乐曲，他那摆动的手势就像两支挥舞的巨笔在静谧的天空描绘一道优美的弧线；身姿随着歌声的飞旋一摇一摆，时而似起伏的波涛，时而似荡漾的涟漪；更让人迷恋的是他那晃动的发式，仿佛一面飘扬的旗帜，宣泄着动人心魄的魅力。心灵的感应中直觉得这氛围的组合真是一幅好潇洒、好浪漫的风景啊！

然而，当我与指挥聊起这份诗意的感触时，他却颇有几分惊羡地对我说："其实，我好羡慕你们，笔挺的制服，平顶的大盖帽，走在街头，多风光多气派！"（此时我在一个执法部门工作）此话让我颇感些许惭愧，岂知我们中不少人嫌弃制服的单调而将其束之高阁，心驰神往的是那些体现万种风情的流行时装。

这时候我便想起少年时代的憧憬。那个年代我极羡慕教师这个职业。当教师迈着稳健的步伐走上讲台，指点江山，激扬文字，一举手，一投足，无不显示出一种高雅和庄重。那职业修炼出的特有气质和风度，真让我走火入魔，以致在每个学期的命题作文《我的理想》中，"人类灵魂的工程师"这光荣的称呼，一直随我想象的翅膀闪射出动人的光芒。然而，真的在三尺讲台站了八九年之后，却神使鬼差地跳槽了。一旦走向新的工作岗位，却对教师的职业又平添几分迷恋，日常遇见温文尔雅的教师，心中总要生出诸多的回味和敬仰。

于是，我悟出这样一个理儿，其实，各人头顶都有一方湛蓝的天空。世界本来就由纷繁复杂的意象组成，每一种个体的意象都可能在人的心目中形成别样的风景。君不见 20 世纪 30 年代萧瑟秋风的深夜，身着旗袍腋挟一本讲义行色匆匆地走在宽街上的女大学生，教室里、柳岸边冥思苦想的莘莘学子，风雪中站在岗亭的解放军战士，结着长长的辫子伫立河岸遥望远方的村姑，手拿烟壶吐出缕缕青丝显出一脸深皱的老农等等，无不都是以自己庸常的生存方式而显示出独有的魅力，在茫茫人海中构成一幅浪漫的画卷。因此我说，任何一种仪态和风貌，甚至偶像，都无须刻意寻觅，守望自己的风景吧，保留自己的个性和风格，你的魅力定会永存！

刊发于 2023 年第 4 期《吐努番》文学季刊

星光商旅

带车来羊城调购一批布料，住宿白云宾馆，两个伙计都去了舞厅翩翩尘洗几天奔波的劳累。而我，今天晚上却实在提不起这个雅兴，独自走出门去，蹒跚冗长昏暗的街头，一个一个影子萎然于背后，任万家窗口萦绕而来的悠悠缠绵抽打我孤寂的心房。

那先生好刻薄啊，就因为我的同僚邀请了两位小姐潇洒地共进晚餐，你说："哼，个体户，摆摆阔气永远不能神气。"眼镜片后睥睨的眼神宣泄着满腔的愤懑与妒忌。嫉语是多么的富有哲理和诗意！可是，"阔气"与"神气"的确切含义是什么呢？先生。假如说，你认为个体户只不过是一个个花大把钞票的笨蛋，那么错了，衡量一个人能力的强弱绝对没有一个固定的标准，有渊博的知识、高深的学问固然可以谓之"神气"，可历经沧桑在汹涌的商品经济浪潮中搏击的舟子不也显露了他们的才华吗？他们以自己选择的方式消遣创业的辛酸和疲乏，展示身手的收获，这不仅仅是为了摆摆"阔气"啊。

然而，我们无法跟那位先生辩驳，修饰的岁月被多少祖坟灼伤，即使是个体王国的骄子，命运之神导你涉足大亨的旅途，承托的也只是失意的桎梏与惶惑，多少年的俗成只能让商界的跋涉艰难地喘息。就在那位先生发泄愤懑的同时，服务小姐送来了当天的晚报，"拿手术刀的不如拿剃头刀的，造原子弹的不如卖茶叶蛋的",闪烁的字眼宣泄着高明的牢骚。我越发感觉浓浓的悲哀遍及全身。我知道,一个个体发型师的日子并不一定过得舒心自在,每月开工30天,每天忙碌14小时以上,小病小疼硬撑着,不干,房租和各种上交费顶得起吗?胃病几乎成了个体户的职业病,刚捧起饭碗,进来两个做生意的,放了碗,人家可没闲工夫等。说句不好听的话,有时连大小便也得撑着。一天下来,身子骨累得酸疼,还得忍受多少爱挑剔的顾客的责怪,看多少不愿意看的面孔,一切得忍着,否则生意就砸了。养老金得靠自己年轻时赚,倘有个头痛脑热,卧床三五个月,就得考虑一日三餐能不能解决了。想要一套40平方米的住房吗?得剃多少个头啊!

拿"手术刀"的先生,你愿跟拿"剃头刀"的比吗?那么,走到私有体制里来吧,你的收入会更高。不过,提醒先生注意,你得首先自掏腰包读五年大学,毕业后自费办诊所,自备手术室,自费雇请医生、护士、麻醉师、血库员,你要付给他们工资,承担劳保福利,向国家上交各种款项,自我负责生老病死。那时即使你的收入高理发师好几倍,也会另有一番感慨的。

医生与个体户,本来属于两个不同机制范畴的成员,无法单纯从收入上进行简单的比较。眼下的医生收入低是事实,可这并不意味着不合理,各行各业的情况基本一样,国家穷,待遇自然暂时受到客观条件的制约。一提到收入就拿个体户当挡箭牌,唱几首歌捞它成千上万块,赢得的却是掌声和鲜花,这不是歧视个体户,歧视体力劳动者吗?认为个体户的职业下贱,下贱就得钱少,本该属于高贵职业者出入的上流社会,诸如酒吧、舞厅、咖啡馆,成了有钱的下贱人的天下,就变成世风日下了。真令人费解!

"铛……"车站高悬的挂钟一如忠实的卫士神圣地敲响了午夜的寂静,我的思绪又回到了现实。夜的精灵俘虏了亿万双眼睛，我孤独地走在这长长的街头。

自从在那份辞职的合同书上留下三个潇洒的草体字后，便依了妻一手裁做服装的手艺，苦心地经营起我们这家私营缝纫厂。一年365天，严寒酷暑，春夏秋冬，进布料、推销成衣，生意场上咬牙嚼舌，农村集市风餐露宿，繁华闹市凄惶冷落，偏远山道踉跄翻爬，几天几夜乘车的颠簸，身上带着钱的担惊受怕，脑子里每根筋弦绷得近乎碎裂。而家庭呢？便成了我只是偶尔栖息的港湾，妻儿便常常成了我遥望的星辰，生命的航船装载的有甜蜜与欢乐，而更多的却是辛酸与苦辣。

记得那是我刚刚步入"贾苑"（做生意）的第一步，除了热情其他几乎一无所有。妻从娘家取回针针线线做衣积攒的五百元，嘱我肝胆上路，我终于走进南方一座小城调得两匹布料。那是个冬日的黄昏，呼啸的北风横扫苍茫的大地，坚硬的冰凌裹满我的上衣放出怆人的寒光。我农民模样肩挑扁担、背扛布匹急步街头，汗水雨水渗透口里苦涩直吞肚中，公共汽车来了，呼啦啦全方位发起进攻，可是，扣子掉了、衣服破了，就是上不去，冷不丁还有一句冷语当头劈来："一看到这些个要钱的家伙就出火。"阵阵酸楚欲吐不能。只好改坐中巴。但当我走下车来，两匹布料却奇迹般的只剩下一匹了。满目无亲，与司机争辩倒落得一顿臭骂，好在识得时务自认倒霉才免受皮肉之苦。

几番风雨，几度春秋，岁月的河流淌过的沧桑，倒铸就了一个坚强的魂灵。胆量与勇气，冒险与献身，使困境与邪恶瑟瑟颤抖，使成功与收获翩翩走来。拥有了厂房和门市，拥有了一批工人，拥有了一大笔流动资金，并在各地设点销售，一个电报即可招来成批布料，再不用备受拥挤公共汽车肩扛背驮的艰辛了。市场疲软没有压倒我们，我们迅疾地将城市市场转入农村市场，走出了低谷，旋风渐渐败退。并在政界要人们主持的座谈会上也留下了我们的一席之地。

然而，物质的丰厚驱不走我们内心的冷落。当远离家乡目睹对对情侣结伴漫步的时候，当看到一个个公职人员按照生活的旋律正常地工作、休息、娱乐而无忧无虑的时候，当一个又一个莫名的旋涡绞得你提心吊胆神志不宁的时候，倾斜的心理无法享受平衡的安宁。极力怂恿女儿发奋攻读绝不走父母的辙印。神使鬼差，父亲放弃的东西却鼓动女儿像寻觅绚丽的玫瑰竭力去得到。为何跋涉这沉重的人生，为何落步这五味的旅程，真的是中了邪魔吗？

忆起那个斟满热血的晚上，灵魂扩散成众多的注解，终于明白自己的脚印失真、个性扭曲变形，活了多少年竟然是一只活着的木偶，单调的生活索然无味，在校时热情追逐的远方，竟堕落为无人照管的果园，蒿草在疯长。于是，抛却刻骨的乡思，丢了多少人梦寐以求的工资卡，去追缪斯结情，去拜孔方兄为友，创办私营缝纫厂，成立"贾苑"文学社，立志摆脱一切虚伪和花架子，实现自我价值，凭自己的背脊撑起实业的天空，获取物质与精神的双重富有，兑现七彩的梦。惶惑与困扰却把疲惫的躯体赶往回归的理念中徘徊，那已经放弃的呆板所在，真的如避风港静谧而温馨，值得藕断丝连永恒的留恋吗？

想抽烟，头昏得厉害。窝囊的自责填满心头，缪斯的情人孔方兄的弟子，抽烟学不会。眉更皱，五指挠头皮，发丝如雪片般飘落，心肌隐隐地疼，曾记得女儿指点鼻子向我宣言：我要长，爸不能长。可爸如冬日闷雷比女儿长得快。怀疑是否够格驰骋"贾苑"的塑像。默念起与死神的幽会。据说死并不如人们想象的那么恐怖，如浩瀚静谧的蓝天，蓝天下是辽阔的草原；悠闲地躺在草原上，没有人生的凝重功名的诱惑，也没有孔方兄搅扰人的灵魂，没有缪斯纠缠人的心魄，就这样超凡脱俗，就这样安逸隽永，去叩拜上帝的神门。可超前享受这安逸的福分，不是对现实的逃遁吗？

摩登擦肩而过，本能地回眸。也许是在热切地拥有红熟的橄榄吧！便想妻，她在耕耘明天的太阳吗？"面包会有的，房子会有的，一切都会有的。"是列宁的警卫瓦希里说的，你说。我永远不会忘记，创业伊始，你纤细的身影与我流落尘埃飞扬的农村集市，颠簸荒蛮的山野手担货物挨家挨户上门叫卖，任白皙的皮肤裸露于燃烧的太阳，焕发出黑铜色的光泽；任纤柔的手背忍受酷寒的侵袭渐渐冻肿留下黝黑的疤痕。你一年 365 天挚守着门市，承托着雇工的生产生活安排，生意的忙碌让丝丝鱼尾纹过早地爬上了你的容颜。我远离你，却无时不在感觉你打着深沉的鸽哨在远方呼唤：坚持就是收获、就是成功。

来到了海边，纤若游丝的星光朦胧了海的深邃。星的降落与升起也是一种悲哀吗？今夜星辰却依然闪烁。也是因普罗米修斯被宙斯吊在悬崖峭壁上承受着残酷的惩罚所感动了吗？

远方一颗星的光辉落入我深深的眼窝。回味着当初的日子，决定远离避风港就发誓风雨兼程，任海的平静里有更多的漩涡和潜流，风平浪静才是最折磨人的坎坷。汗珠已经洒满泥泞的道路，前方没有绝望的停靠站。潇洒地昂起头吧，远方的尽头有一颗闪烁的星辰在导引着航程，跟着世纪的脚步，向着那永恒的诱惑，勇敢地走过去！

刊发于 1991 年 1 月 26 日《中国青年报》"绿地"文学副刊

为你喝彩

绰约的风姿，飘逸的长发，丝丝缕缕萦绕不断的温情。

亭亭玉立的身姿，轻盈的步履，播撒美的种子，陶醉着无数的心灵。

这是你吗？是我记忆深处珍藏了 14 年的你吗？我不敢相信自己的眼睛，电视解说员又的的确确地在重复着你的名字。

掐指算来，你也该是三十有几的人了。时间老人，定用他那把无情的雕刻刀，在你的额头刻上了世事的沧桑，开始抹去你身上那些优美的线条。时装模特，也许只属于你梦中的希冀——原谅我，按我朴实的思维逻辑，事物发展的必然规律，大莫如此。

你应该明白，我怎么也不会忘记，我们一起度过的那些动人心魄的日子。还记得那场毕业晚会吗？我们一曲男女声二重唱，赢得了经久不息的掌声与喝彩。在同学们的呐喊声中，你又静静地拉起我的手臂，踏着悠扬的乐曲翩翩起舞。你的双臂随着我的挪动，仿佛是大海中起伏的波浪，是蓝天上翱翔的翅膀；你飞旋的身影，犹如天空中一朵飘飞的雪花，微风中一束摇曳的柳枝。晚会结束，你的脸上神采飞扬，那闪耀着灵光秀气的微笑，宛如一朵夏雨过后悄然绽开的睡莲，挂着晶莹的雨滴，羞怯而优雅。

从此，我的梦境中便有了一个奇异的舞台。当你不在我的身边的时候，我梦境中的舞台便徐徐拉开帷幕，你悠然地融入，为我展开诗一般的画面，展现我所有的向往和憧憬的美丽……

此刻，电视屏幕闪闪烁烁，似乎和我一样的疑惑。屏幕上的那个女子正迈着轻盈的步伐，在耀眼的灯光里，随着富有节奏的乐曲，在千万双如痴如醉的眼睛的注视下，潇洒地扭动。是的，她有婀娜的身段，有柔韧的腰肢，有闪烁着生命华彩的黑发，更有令我沉醉牵我神思的优美的动作。然而，怎么可能是你呢？14年了啊！

终于，屏幕上出现了你脸部的剪影：一双大眼睛，自信而又激动，充溢着柔润的光芒，流淌着温和而清澈的真诚。

哦，是你，尽管表情没有了当年少女的天真和烂漫，肌肤没有了当年的丰满和光泽。但你的那双眼睛，依旧有当年的神采和风韵，只是变得深沉，仿佛要向人们昭示生活中一切的曲折、困苦和欢欣……电视里的音乐和图像消失了，我的思绪却还在想象的天空展翅。你的眼神，你的演艺，蕴含着多少可歌可泣的故事啊！我知道，这14个春夏秋冬对于你，决不是一首舒缓的圆舞曲，不是一首浪漫的抒情诗。

还记得吗？在那个月光下的池塘边，当我把红色的录取通知书展现在你眼前的时候，你的眼眶里盈满了苦涩的泪水，倒不全是因为落榜的痛苦，你知道，大山里的贫穷能够让你读完高中已是多不容易。我劝你再补习一年，你却只是默默地摇着头。就在那个晚上，我对天起誓：等着我，我一定送你走上学子的殿堂，圆你大学的梦想。

然而，当年的寒假，当我带着利用节假日打工卖苦力赚来的微薄的酬金，兴高采烈地徒步走到你居住的大山时，一条意外的消息轰然在我脑海炸响：你已为人妻，丈夫是一位比你年长12

岁的粗汉，而这仅仅是因为你病重的母亲急需 400 元的医疗费用。400 元啊，就掠走了你的青春，你的美丽，你少女的生活！霎时，我思维的空间一片混沌，一把钞票随手抛上冥冥的天空，飘呀飘……

回到学校，我像一位饥馑的战犯，疯狂地磨制着知识的神剑，立志用它去抹杀大山的耻辱。三年学成，我终于来到了大山。乡亲们却告诉我，早在两年前，你终于忍受不了夫权的蹂躏，在那个静静的黑夜，杳无声息地逃离了生你养你的大山。我不知道是为你庆幸还是为你悲哀，独酌一杯清酒，眼含两行清泪，遥望朦胧的远方……

真感谢仁慈的上帝惠赐良机，让我有幸重又目睹了你亭亭玉立的身躯。你让我惊讶，也让我联想。这 14 年来，你在臭气熏天的车厢里拥挤，在烈日下的街头踟蹰，在人们的嘲讽声中应聘面试，在北风凛冽的寒冬中咬着牙，流着汗，挽留青春的脚步，练习每一行步履……

是的，明天，我一定要来看你，我要亲聆你叙述 14 年来的人生旅途。我想你会告诉我，你，是怎样由一位大山里的逃婚者，变成一位现代都市的时装模特。对了，我还要送给你一首待：为你喝彩！假如你不笑话，就让我轻轻地为你朗诵：

> 梦中的倩影
>
> 越过苍茫的岁月
>
> 走上舞台
>
> 以维纳斯复生的手臂
>
> 点燃千万颗
>
> 心海的澎湃
>
> 今宵举杯

沉醉你的目光

为你喝彩

……

刊发于 1994 年 6 月 1 日《衡阳日报》"廻雁"文学副刊

心路旅程

打 的

　　鄙人出身寒门，且无官职，崇尚乡人勤劳节俭之遗风，尽管那小巧玲珑的"的士"早已穿梭于我们这座小城的大街小巷，可我还不曾尽情地领略其"的来的去"的潇洒和风光。

　　前些日子，某单位邀我去采写一篇文稿，一再言明机关的小车正在维修，来接的同志带我打"的"前往。这下子似乎有了几分底气，夹上公文包，来到马路边，伸长手臂浪漫地一挥，截住一辆奔驰而来的红色出租车。

　　钻进车去，我便开始东张西望。当然，注意最多的还是方向盘边的计费器，那红色的指示灯一眨一眨，仿佛就是一双点钞的眼睛。随着数码的不断增大，我的心里渐渐地生出些许痛惜。行至半途，前方修路堵车，可那指示灯并不理会时下发生的一切，还在匀速地向前推进。我有些待不住了，问道："这堵车也要计费吗？"接我的人连忙按按我的大腿，言下之意，这是规矩，无须多问。一堵就是 20 来分钟，我的眼睛睁得圆圆的，紧盯着计费器一角一角往上跳。我向司机说明有重要采访任务，问是否有近路可抄，一边出示着《法治日报》特约记者证。其实，我心里还是惦记着那匀速上升的车费，这才真正叫花钱如流水哟。司机显出一副无可奈何的神情。旁边停着一辆通往采访地的公开汽车，真想下车改乘而去，但最终还是下不了决心拿下架子。谢天谢地，半小时后，道路畅通，车子启动，我便一再催司机加大油门。

到达目的地，计费器显示出 75.5 元。我向司机讨价："留个整数，70 元算了吧。"接我的人却满不在乎，拿出一张百元钞票递了过去，司机找回 25 元。"的士"走后，我才发现，自己坐在空调车里，额头却沁出了细密的汗珠。

翌日回到单位，将此经过说与友人，友人大骇："咳，花的是公家的钱，你心痛个什么呢?"是啊，花的是别人的钱，痛的是自己的心，何苦呢？脑海里突然冒出电视剧《北京人在纽约》中王起明先生对他风情万种的情妇阿春说的一句话："两种人的生存状态不觉痛苦，一种是全凭良心办事，一种是良心全被狗吃了；而痛苦的是良心被狗吃了一半还留着一半。"嚼其余味，不禁独自莞尔一笑。

刊发于 1994 年 9 月 25 日《中国物资报·星期刊》"文化大观园"副刊

朦胧之美

伴随那片片秋叶的飘零，天凉了，街头那些身着短服装束的少女靓姐，大多已经换上飘逸的带袖长裙。乍一看这变了的街景，似乎更能显示出女人的妩媚和风采。鄙人不提倡当然也不反对女人身着咋样，那是她们自己的事情。只是觉得，凡美的东西，朦胧含蓄一点，留给欣赏者一个遐想的空间，或许更能给人以美不胜收的愉悦。

印象中读过哪部古典小说，有过这样一段细节的描写，某书生无意目睹（还是触摸）到一大家闺秀裸露的脚趾，便大发感慨：香啊，香中还带九分甜。设想此小姐若是整天将白皙的大腿纤秀的玉臂裸露于书生的眼前，除了少顷的感官刺激之外，恐就不会有此万般感慨了。

男人欣赏女人是这样，男人干事业、男人对未来的设计似乎也应如此。在我们所处这样一个竞争十分激烈的社会，每个人都希望摘取到成功的桂冠。那么，步入到一种什么样的境界才算成功，有人便预定一个奋斗的目标，目标实现之日，即可谓之成功之时。而事实上，往往当你一旦实现了计划中的目标，一种失落和惆怅也随之产生，成功却没有给你带来身心的愉悦。比方有人梦想发财，希望挣足一百万、一千万，而当你经历几番搏杀终于拥有一百万、一千万的时候，空虚无聊可能随之在你心海降临；

有人希望做官，出人头地，设想某月某日拥有哪个宝座，而真正当你过五关斩六将拥有这一官半职的时候，你的生活也并不见得就一定十分的充实和快乐。

有这样一个非常实际的例子，还在几年以前，我的一位朋友计划拥有一套宽敞的住宅，购置一套高档的家具。于是，他为之奔波忙碌，奋力拼搏，勤奋地挣钱，那时，他是多么的充实，连走路都时刻处于一种亢奋状态。几年之后，心中的目标终于得以实现。可现在的他，留给我的倒总是一种萎靡不振的印象，总感觉他有太多的无奈、太多的烦忧。问起个中原委，听他怎么说："想有的都有了，真不知下步该做些什么，烦躁透了。"这目标的实现对他来说又意味着什么呢？

因此说，我们对于未来的设计，实在没有必要过于客观具体，过于具体的目标，一朝实现，除了所谓的成功给你带来的短暂的感官刺激之外，恐怕就是乏味和无聊了。我们大可把目标设计得朦胧一点、虚幻一点，让它充满永远的诱惑，由此人生许添一分韵味和风采。

刊发于 2005 年 9 月 19 日《衡阳晚报》"金光草"文学副刊

伤　口

迪儿走路，不慎跌倒，膝盖处擦破一点皮，伤口流出殷红的血。妻急得不得了，又是吹风轻拂，又是翻箱倒柜找药搽敷，孩儿的伤口疼在母亲的心口，大莫如此。

或许是出身农家历经风雨的缘故吧，我一向对这类皮肉的擦伤是不大放在眼里的，小时候摔过多次，从不缠什么纱布搽什么药，过不了两三天血痂掉落，又是肌肤如初。摔得重一点，大不了留下些许疤痕，可即已摔了，估计搽药，疤痕之陋也是逃避不了的。

于是，看到妻伤心焦急的样子，便戏谑说："擦破点皮何必如此大惊小怪，迪儿受我的遗传肉不会发炎的，过两天就好了嘛。"妻愠怒地嗔怪道："你呀，孩子摔成这样，一点儿不心疼，没爱心。"上升到这般高度，我实在无可辩驳，再说，迪儿毕竟是摔伤了，若为此啰唆，于心也不忍。想想这年头的孩子毕竟不如我们那个时代，便一道向前，附和着妻的心疼劲，瞎帮衬着。

这样一来，本来还不曾流出泪来的迪儿，此时却大声哭叫起来，大呼："疼、疼、疼。"我劝她坚强一点，却越劝越哭，弄得我们手足无措。突然，邻居一小孩叫："晓迪，来打皮球。"迪儿一听，马上应声说："好咧。"说完，破门而出。妻不及阻拦，直嚷嚷道："小心，你的脚。"迪儿头也不回地回答说："不疼，没事的。"站在窗前，望着迪儿蹦跳的身影，妻一脸茫然。

这件事让我产生不少的联想，当然，首先想到的还是孩子的教育问题，对于小孩，我们不能过分地怜爱、迁就、怂恿，这样只能助长孩子软弱的性格。但我想得较多的还是我们成年人生活中也会常常遇到的一些事情。我们每一个生命的个体，在这个纷繁复杂的社会中，难免也会遇到受伤的时候，比如无端地被人误解、糊弄、侮辱，甚至遭人暗算，抑或情场失意、官场失宠、人际失和、事业受挫等。有了这些伤口的时候，如果我们过分地把它牵挂在身上，势必会产生一种疼的感觉，生活的情绪也会随之消沉、颓丧，甚至做出不合情理的事来。其实，这些生活中的创伤，我们大可不必把它想象得那么严重，你觉得痛，那是你自以为伤口在痛，害怕伤口的痛，如果我们根本就不把它当回事，或许更能活出潇洒坦荡的魅力。

刊发于 1994 年 8 月 28 日《衡阳日报·星期天》"家庭与生活"副刊

难了工商情

悠悠人生旅途，该有多少离愁别绪，而这一次，却让我刻骨铭心终生难忘。

或许是命运之神予弱者以更多的关注和厚爱，或许是收获的金秋予默默耕耘者以更多的回报和奖赏，我，一个毫无门路、毫无特殊关系的农家子弟，从那个遥远的山村，跨入了神圣的工商行政管理之门，成为一名光荣的工商战士，调到市工商局工作，入了党，提了干。我曾立下誓言：今生今世，献身工商，别无他求。

然而，调来市里工作才两年，组织上却决定让我到市委机关工作。说实话，头顶国徽，肩扛盾牌，代表国家行政执法，我已感到心满意足，更感到无限光荣。况且，我所在的衡阳市工商局，有一流的现代化办公设施，有两度荣获"全国先进集体"的殊荣，今年又成为衡阳市唯一一家"全省双文明建设模范单位"，幸运的是，我所在的人教科，也是连续三年荣获省工商系统的先进集体。更让我感受至深的是，这里的领导廉洁奉公，勤政务实，正直坦率，可亲可敬！这里的同志，相互信任，相互尊重，团结友爱，情同手足！领导和同志，既是我的良师，更是我的益友。我怎么能够舍得离开这个良好的工作环境，离开这些让我欢乐，助我成功，给予我充满学习、生活、工作激情的领导和同志们啊！

我实在是犹豫了好久，也征求了许多领导和同志的意见。伍远华局长出于真诚的关心对我说："从工商部门的利益出发，我们舍不得让你走，从党和人民的事业出发，你还是可以去。任何事情有得有失，权衡利弊，抓住机遇，市委毕竟是更大的机关。"同志们也对我说："年轻人眼光放远一点，不要只看到眼前一点蝇头小利。"但我还是有些犹豫，因为我出身寒门，为人实在，无心做官，只希望干点实实在在的事情。考虑再三，最后答应以借调的形式工作一段时期再说，看能否适应工作。

离开市工商局工作几天之后，我又回去一趟。那天，正逢市工商局领导从省双文明建设表彰大会凯旋，局机关全体同志身着笔挺的制服，夹道欢迎。男的，威武雄壮；女的，飒爽英姿。此情此景，让我好眼热啊，一股失落和惆怅的感觉立时涌上心头，我怎么要离开这里呢？

再过几天，我去市图书馆查阅资料，如林的报刊中，我一眼就发现《中国工商报》，我疾步走到报架前，望着这份熟悉而又陌生的报纸，顿时感到是那么亲切，那么温馨，尽管其中有些报纸我早已经看过，但我还是从头至尾，一张一张认真地重新阅读了一遍。

工商情结，实在难解难分。我下决心不走了，不走了！盖了公章的调动表让我兜在袋子里压了好长一段时间。又是老领导关切地对我说："你看过小说《红岩》吗？组织上要调许海峰到上级机关工作，许海峰恋恋不舍，他的老上级对他说，党的事业比友谊更重要。我希望你不要把个人感情夹入革命事业之中。"

就这样，为了党和人民的事业，为了工作的需要，我脱下了工商制服，走上了新的工作单位。人间处处有温情，在新的领导和同志们的关怀下，陌生的我渐渐地进入了新的角色，渐渐地将身心融入了新的工作氛围、新的事业之中，自我感觉也渐渐地步入了一种新的境界。

或许再过几年、十年、二十年，我还会调换不同的工作岗位，但是，衡阳市工商局、衡阳市工商局的领导和同志们，永远是我心中飘扬的旗帜，他们将永远引领我前进的航程！

风物素描

古城记

在湘南地区这片历史悠久、文化厚重的土地上，屹立着一座2000年的古城，它犹如一位坚毅而慈祥的长者，静静地守护着岁月的流转与担当。

这座城市的名字叫衡阳。"衡"乃量器，引申"均衡"之意，此处特指南岳衡山；"阳"意即山的南面或水的北面。"衡阳"之意就是坐落在南岳衡山南部的一座城市。

走进古城，美丽传说浩如烟海，人文历史罄竹难书。在这无际的瀚海中，笔者追随其崛起的轮廓与脉络，采撷几片闪耀的浪花，共同与读者朋友来一场古今对话，以期对这座古城有个概貌的认知。

一　建制

探究任何一个地域与社会形态的发展，建制无疑具有极其独特的标志性意义和引领作用。衡阳古城自秦汉始建武侯国，隋唐正式建制，距今已有2300多年的历史。追溯这2000多年崛起与发展的历程，展现在我们面前的是一条绵延不息、清晰可见的脉络，犹如一条奔腾不息的长河，在时光的隧道中闪烁着霓虹般的光彩。

秦汉。秦汉交替时期，西汉高帝五年（前202）始建酃县，县址在今珠晖区酃湖乡，西汉至隋朝酃县治现衡阳市珠晖区酃湖，后迁现炎陵县治。西汉末年，酃县西部设钟武侯国，隋唐正式建制，衡阳城廓初步形成。

三国两晋南北朝。三国时期，衡阳分属于衡阳郡和湘东郡，二郡分立，分别隶属于荆州湘东郡和衡阳郡，耒阳、常宁属桂阳郡。西晋初沿袭之，后析荆州、广州置湘州，现衡阳市均属湘州。东晋废湘州并入荆州，先后设湘东郡、湘州，现衡阳市均位于其范围内。南朝宋齐梁陈四朝，仍设重安县、临蒸县、衡山县，南朝陈设新城县，湘州隶衡阳国；耒阳、衡东先后属桂阳郡、湘州；常宁均属湘东郡；现祁东刘宋时分属永昌、祁阳二县，隶湘州零陵国，齐梁陈三朝，祁东亦分属永昌、祁阳二县，属零陵郡。

隋唐五代十国。隋开皇七年（587），隋灭陈并改郡为州，并湘东、衡阳两郡为衡州，并临蒸、新城、重安为衡阳县，州、县城均设湘江东岸，为历史上首次出现以衡阳命名的县。唐武德四年（621），置衡州，复析临蒸、新城、重安三县。后重安、新城并入临蒸。开元二十年（732），复名衡阳，为衡州治。天宝元年（742），衡州改为衡阳郡。乾元元年（758），复为衡州。五代十国时期，马殷在湖南创建楚国，衡阳为衡州地。

宋元。北宋时现衡阳市仍分属衡州与潭州，现衡山、衡东、祁东属潭州，南宋沿袭之。元朝确定行省制度，省下设路，改置衡州路总管府，现衡阳市分属衡州路总管府和永州路总管府，在衡州设湖南道宣慰司（后迁治潭州），隶属湖广行省。元贞元年（1295）衡永郴桂诸路人民抗粮、抗丁，起义频繁，朝廷于衡州设行枢密院。

明清。置衡州府，隶属湖广行省。下辖衡阳、衡山、衡东、常宁、耒阳、安仁、炎陵、桂阳、嘉禾、蓝山、临武等县地。明朝中后期设雍王、桂王藩国，都衡阳。雍正十年（1732），桂阳州升为桂阳直隶州，府境南界北移至耒阳市、常宁市。明末清初顺治九年（1652）十一月，在清统一战争中，大西军安西王李定国率军于衡州城郊伏击清军，阵斩清定远大将军敬瑾亲王尼堪，史称"衡州之战"。康熙十五年（1676），吴三桂曾在衡阳称帝，国号周，衡阳称应天府。

中华民国。民国 3 年（1914），衡阳道废府存道，改衡永郴桂道为衡阳道。衡阳道所辖县仍如清代衡永郴桂道，治衡阳，辖湘南 34 县。民国 25 年（1936），湖南设立行政督察区，衡阳先后属于第五和第二行政督察区，专员公署驻衡阳，辖衡阳、衡山、常宁、耒阳、攸县、安仁、酃县、茶陵。民国 28 年（1939）春，因抗战湖南省政府自沅陵迁至耒阳，设水东江至竹市一带，秘书厅设杜陵书院（今耒阳一中）。民国 31 年（1942），衡阳县东华、雁峰、西湖、石鼓、江东 5 镇和城郊的广福、奇罡、酃湖 3 乡区域设置衡阳市。民国 32 年（1943）衡阳市改为省辖市。

新中国。1949 年 10 月 8 日，中国人民解放军进入衡阳，设置衡阳专区。1952 年，设湘南行署，辖衡阳市及郴州、永州部分县市。1954 年，复置衡阳专区。1970 年，衡阳专区改称衡阳地区，地市分置，地区设行政公署，管辖衡阳、衡南、衡山、衡东、祁东、耒阳、常宁 7 县，衡阳市升格为省辖市，管辖江东、城南、城北、郊区 4 个区。1983 年 7 月，衡阳地区与衡阳市合并，实行市管县体制。衡阳市现辖衡阳、衡南、衡山、衡东、祁东 5 县、耒阳、常宁 2 市及珠晖、雁峰、石鼓、蒸湘、南岳 5 个县级区。

二 雁说

纵览古今中外，还没有哪一座城市像衡阳这样与一种迁徙鸟类有着如此密切的关联。大雁是古城衡阳的文化图腾，我们的城市雅称雁城，有一条路叫雁峰路，有一座山叫雁峰山，有一个湖叫雁栖湖，有一座庙叫雁峰寺，有一座塔叫来雁塔，就连我们喝的酒也叫雁峰酒。大雁对于衡阳，有着太多文化的芬芳，有着太多意象的圣洁。

自古相传，极具灵性的大雁飞到衡阳，便栖息于此，不再南飞，于是便有了衡阳老少无数次吟诵的"北雁南飞，至此歇翅停回"的诗句。优越的地理位置、湿润的气候，是衡阳吸引大雁"歇翅停回"的天然温床，衡阳也便有了"雁城"这个诗意般的名字。

提到雁城，必然说到衡阳一个与大雁息息相关的地标——廻雁峰，谓之南岳衡山七十二峰之首，山高 95.4 米，山色斑斓，风景宜人，为古代文人墨客纵情歌咏之胜地。山峰名字由来有二，一曰：北雁南飞，至此越冬，待来年春暖而归；二曰：山形似一只鸿雁伸颈昂头，舒足展翅，欲腾空飞翔。雁峰上修建一座重在保护衡阳城风水的寺庙——雁峰寺，历代高僧在此传经布道，唐代"寿佛"留有袈裟于雁峰寺，寺内设有"寿佛殿"，这也成为南岳谓之"寿岳"的佐证。如今千年时光流逝，雁峰寺遂成名寺，人流不息，僧歌袅袅，香火鼎盛。

关于"衡阳"与大雁的绝世奇缘，一代名臣范仲淹的《渔家傲·秋思》更有脍炙人口的佳句流传于世："塞下秋来风景异，衡阳雁去无留意。"毛泽东评价范仲淹的这阕词："介于婉约与豪放两派之间，但基本上仍属婉约，既苍凉又优美，使人不厌读。"

追寻衡阳与大雁在文学作品中的渊源，最早起自东汉的张衡。他在《西京赋》中写道："上春候来，季秋就温，南翔衡阳，北栖雁门。""南寓衡阳，避祁寒也。"这也许是他在叙述大雁的生活习性时，对"衡阳"与"雁"的一种偶然性组合。东汉应玚《侍五官中郎将建章台集诗》中亦云："言我赛门来，将就衡阳栖。"就是在"雁栖衡阳"这样的背景下，"衡阳雁"成为一个具有象征意义的文化元素，随着时光周而复始的浸润，形成了一种多元价值的"大雁文化"。

第一次给大雁命名为"衡阳雁"是魏晋南北朝的庾信，他在《和侃法师三绝》曰："客游经岁月，羁旅故情多。近学衡阳雁，秋分俱渡河。"庾信出身于诗书门第，身处魏晋南北朝之乱局，奉南梁皇帝之命出使西魏。从此羁留北方，故国国破而不得归。在这首诗里，他把"衡阳雁"作为一种象征意象，所表达的是自己心灵世界中对故土的眷恋之意和"无国可归"的悲怆、伤感之情。从此，"衡阳雁"作为"乡愁"的代名词，濡湿了古代文人的离愁别绪。

衡阳特殊的地理位置，也给"衡阳雁"注入了一种新的意象。《说文解字》曰："嶽，东岱、南霍、西华、北恒、中泰室，王者之所以巡狩所至。"段玉裁《说文解字注》："南霍者，衡山也，在今湖南衡州府衡山县西北；王者所用至此而巡守也，巡狩者，巡所守也，天子适诸侯曰巡狩。"中原地区一向俗称南方地区为"南蛮""瘴气"之地，是历代获罪贬谪的官员及其家属不得不千里奔赴之所。中原地区作为政治文化中心，他们在主观上肯定是万般不舍，但是皇命不可违。于是这个群体对离开政治中心的留恋，对个人黯淡前途的悲伤，对国家民族命运的隐忧……种种情绪梗塞在心，"衡阳"这个中途的驿站，便有了他们雪落大地的呢喃，"衡阳雁"也便成了贬谪之人失落悲凉之情的意象表达。唐朝诗歌大家宋之问因媚附张易之获罪，他在南贬衡阳之衡山途中，写下了《晚泊湘江》："五岭凄惶客，三湘憔悴颜。况复秋雨霁，表里见衡山。路逐鹏南转，心依雁北还。唯馀望乡泪，更染竹成斑。"的诗句，诗人匆忙赶赴贬所，漂泊流离，内心孤苦落寞、悲戚消沉，溢于言表。这种悲怆之情，犹如寒冬的絮语，引起无数迁客骚人跨越时空的深深喟叹。

伴随着时代的发展、社会的进步，人们对于"衡阳雁"意境的认知有了更深层次的解读："归雁"。"归雁"意象是对我国传统文化思想精髓"天人合一"理念的深度诠释。唐朝宰相李绅有诗云："衡山截断炎方北，回雁峰南瘴烟黑"，衡阳有着最适合大雁生存的自然气候条件，也为大雁归来提供了安居乐业的物质基础。衡阳民风淳朴、文化氛围浓厚，亦给大雁的归依赋予了天高云淡的社会环境，于是衡阳就成为归雁的家。历代遭到贬谪的文人们一路南行，到了衡阳这个地方，更能感受到她海纳百川的温暖怀抱，心灵世界播撒了一份点点星辰的慰藉。

改革开放以来，衡阳发展迅速，城市面貌欣欣向荣。一座英姿勃发的"雁城"正以宽广的胸怀，喜迎四方"归雁"，"万里衡阳雁，聚力中心化"，一批院士、博士后安居雁城，致力衡阳建设。衡阳市历时八届的衡商大会，"迎老乡，回家乡，建故乡"，神州大地数以千计衡阳籍企业家齐聚雁城，共叙乡情，同谋发展，促成大批"衡商回归"标志性项目落地衡阳，"歇翅停回"由此古韵流香，春光璀璨。

三　地理

古城衡阳自古人杰地灵，位于湘江、蒸水、耒水三江交汇之处，立于南岳衡山之南，钟灵毓秀，风景亮丽，在中国十大风水城市评比中，衡阳市位居第七，如此给这座城市和这座城市的人们平添了更多的欢畅、悠闲与惬意。

衡阳地理环境优越，从经纬度看，处于地球比较适宜农业生产和人类居住的黄金地带，总体地势呈现出"周高中低、南高北低"的构造特点。宏观地貌以岗地、丘陵为主，山地、平原为次。四周山区海拔较高，森林资源丰富，成为境内主要河流的发源地。衡阳城位于盆地中央的地带，湘、耒、蒸三水汇流于此，形成冲积平原。这里地势平缓，土壤肥沃，水源充足，物产丰裕，交通便利，十分适合于建城和人类栖居。正是优越的地理环境和适宜农耕的土地，落在烟火人间，让衡阳成为原始人类的栖居地。

衡阳背靠南岳衡山，湖南省最大的河流——湘江穿城而过，山水相宜，衡阳便有了得天独厚的地理优势，被古人誉为一方风水吉地。相传唐代风水大师杨筠松路过衡阳，也为这里的自然风水所吸引，遂停留数日，留下诸多诗文盛赞此地风水格局俱佳。古衡阳曾有雁峰烟雨、花药春溪、东洲桃浪、岳亭雪霁、石鼓江山、朱陵后洞、西湖荷花、青草渔家等八景，被誉为"寰中之佳丽"。

湘江、耒水河、蒸水河交汇于衡阳市中心城区，故自古就有"三道水口锁大江"之说，境内建有接龙塔、来雁塔、珠晖塔三座名塔，紧紧锁住三道河眼。第一道"水口"位于城市北部蒸水汇入湘江的石鼓山地带。石鼓山，形若半岛，自西而东延伸于江中，东南北三面临水，蒸水环其右，湘水挹其左，耒水横其前。石鼓山之得名，有两种说法。一是据《水经注》载："山势青圆，正类其鼓，山体纯石无土，故以状得名。"一说三面临水，浪拍山崖，其声如鼓，故称之为石鼓山。石鼓山是一个登高远眺的好地方，为锁风水，固镇守之功，唐宋时期，人们就在半岛上建有观景亭——"合江亭"，建有类似文昌阁的书院建筑，中国四大书院之一的"石鼓书院"位列其中。衡阳三大名塔之一的接龙塔，相隔石鼓山不远之处的雁峰小西麓的接龙山上。传统性建塔一般都是通体建材，或木或砖，或石或铁，接龙塔是石三砖二建的五层塔，实属全国罕见。

第二道"水口"位于城市北部蒸水汇入湘江的河流西岸的合江套三汲矶上，与石鼓山遥相对峙。为强化"出水口"的镇水功能，巩固衡阳城的风水，明代礼部尚书临武人曾朝节在此修建了一座宝塔，因其与廻雁峰遥相对望，故名曰"来雁塔"。此塔系楼阁式空心砖石塔，坐北朝南，七级八楞，通高36米。塔的第一层东南设门，南向拱门上嵌有彭玉麟手书"来雁塔"横额的汉白玉碑一块。门内，端坐石佛一尊，塔内石级分两路盘旋，登临顶层。从第二层起塔身逐级递缩，塔的每层皆设有对称神龛，开两窗四门。塔檐为叠座，外壁饰石图案。拱门上有石质龙凤浮雕。塔角旧有风铃，塔上有铁顶，置相轮。整个塔的结构突出了明代的建筑特点。这一护佑风水而建的镇水佛塔，古朴沧桑，成为衡阳市一处醒目的古建景观。早在1637年，著名地理学家、旅行家和文学家徐霞客慕名而来，登临此塔第五层，极目远眺衡阳地形地貌，在《徐霞客游记》留下了见证古城的履痕。2016年，衡阳市人民政府决定对来雁塔进行修缮后重新开放。经过几轮修缮的来雁塔已焕然一新，守护着衡阳这一方热土。

第三道"水口"位于城市北部耒水汇入湘江的河流交汇处的北岸。为了强化衡阳城的风水格局，不让财运、文运被水流带走，光绪丁酉年（1897），安徽巡抚衡阳人王之春（王船山八世从孙）在二水交汇处的北岸不远处，修建了一座七层宝塔，叫珠晖塔。此塔耗白银6万两，费时13载建成。通高35米，八角七层砖石结构，正门有王之春手书"珠晖塔"三字，撰楹联三幅，门正联"高峙船山远绵学脉，流回耒水广助文澜"。一层塔室的神龛正上方，龙首石雕口含龙珠，呼风唤雨，镇妖压孽。塔内有石级旋梯，拱门还嵌有前清进士黄自元手书大理石刻碑文。珠晖塔与来雁塔隔江相望，互为犄角，镇锁风水，永葆山清水秀之灵脉。

南岳衡山被认为是朱雀的化身，它以衡阳市雁峰区廻雁峰为首，以长沙岳麓山为足，绵延800余里，其主峰为衡阳市南岳区的祝融峰，海拔高度1300.2米。南岳衡山历史文化底蕴厚重，素以"文明奥区""五岳独秀""佛道胜地"闻名天下。南岳衡山是中国历史上四次南渡——晋室南渡、宋代南渡、南明王朝南渡、现代抗日战争南渡形成的一个文化、政治中心地域，在中国文化史上具有扛鼎之地位。

纵观衡阳城全城，正拥有风水学说中常说的"以山为骨架，以水为血脉，以草木为毛发，以烟霞为神采"的环境，就是一个典型的依山水而兴建聚落的人居环境，也即所谓的"山水城市"。这座"山水城市"如今也正迈着雄壮的步伐，响应着"天人合一"的低吟浅唱，再度焕发出灵动的生机和活力。

四　人文

　　衡阳历史悠久，文化底蕴深厚，作为中华文明的一脉，是湖湘文化的发源地，既集聚了中华文明的人文价值，又彰显了地域文化的个性特质，洋溢着农耕文明与湖湘文化共生共融的浓郁清香。

　　衡阳是"农耕文化"的重要发祥地。原始氏族选择了这一块热土，集聚栖居，形成了一座历史悠久的农耕城市。伴随着皇天后土的农耕生活，也自然形成了别具特色的农耕文化。从远古传说中可以看出，嫘祖、神农氏、祝融氏这些在农业领域开天辟地的先人们，都与衡阳这片土地结下渊源，他们发明或创造的农桑耕作技术和农业器具，正是中华农耕文化的重要起源。

　　黄帝的妻子嫘祖在衡阳发明了养蚕、缫丝和织绸技术，巡行天下，教导人们蚕桑之术，有力地推动了中国古代文明的发展。炎帝神农氏为让人们过上居有定所、食能果腹的日子，广尝百草，发现稻、黍、稷、麦、菽五谷，可以种植，定期收获，于是向人们广传五谷种植技术。为了解决人们在播种时泥土板结成块的技术难题，炎帝神农氏在耒阳地界发明了最古老的农具，并命名为"耒"，极大地提高了人们水稻种植的效率，"神农创耒"也成了中华农耕文明的古韵流香。

　　在没有发现和使用火之前，人们过着茹毛饮血、靠生食为生的日子。炎帝祝融氏相传是第一个发现并能使用火的人，他后来就成为黄帝麾下的火正官，教授人们保存和使用火，从此人们用火照明、取暖、烹食，人均寿命显著增长，人类骤添几多韵味与温馨。

衡阳的"农耕文化"的一个重要内容即为"火神崇拜"。祝融在中国传统文化中被尊为最早的火神，象征着人的祖先用火照耀大地，带来光明。南岳衡山为火神祝融氏的封地、栖居地、归葬地、纪念地。郦道元《水经注·湘水》说："衡山南有祝融冢。"之后各代均建有较大规模的聚落。考古工作者在南岳及其附近地区发掘上千座古墓葬，出土一大批先秦的古代历史文物，该地区已被考古界确认为属于殷商和周代的文化遗址有南岳彭家岭遗址、衡阳金甲岭遗址和周诗头遗址等共 74 处。而由祭祀火神的仪式而衍生演变而来的礼乐制度，如今成为衡阳地区节日和婚丧仪式的范本。

衡阳是"湖湘文化"的主要发祥地与传播中心。衡阳自古就是一个开放、宽容的地方，这里琳宫梵宇相望，书院黉门毗连，有道教的"洞天福地"，也有佛教的"天下法源"，更是儒家的"潇湘洙泗"。宋时，衡阳是理学研究中心；明时，是心学传播重地；明清交替之际，成为王船山"实学"的滥觞之源。衡阳书院文化，对湖湘文化的兴盛、湖湘人才的成长、湖湘经济的发展，都产生了生生不息的影响。

衡阳的"湖湘文化"最早可以追溯到远古时期的"三苗文化""楚越文化"。相传尧舜时期，衡阳即是尧帝、舜帝南巡必经的重要之地。清李元度《南岳志》引《竹书纪年》："帝尧五年初，巡狩四岳。"《尚书·舜典》记载："五载一巡狩，……五月，南巡狩至于南岳，如岱礼。"最早的衡阳人，相传被称为九黎人，约生活在距今 6000 年前的上古时代，炎帝部落一部南下，击败原本居住在此的九黎部落，逐渐融入当地，形成三苗部落。三苗，古称之为蛮、苗、南蛮。古史载："苗者，人也；三苗者，古之蛮、苗、南蛮的原始部落也。"杜佑《通典》记载，三苗，"其国近衡山"，"凡今长沙、衡阳诸郡皆三苗之地"。20 世纪 80 年代，衡阳境内发掘了耒阳高陂村遗址、青麓塔遗址、贺家山遗址和衡东县大樟桥遗址、衡阳县金山岭遗址等数十个新石器时代遗址，出土了大量的陶器和石器。说明三苗先民早在6000 多年前就在衡阳这块土地上繁衍生息，构木为巢，从渔猎到农耕，从旧石器到新石器时代，创造了灿烂辉煌的史前文明。

书院的兴起，奠定了湖湘文化的坚实基础，中国历史文化由此熠熠生辉、光芒万丈。耸立在衡州大地上最为著名的书院有邺侯书院、石鼓书院、船山书院等。从这一座座书院中，走出了李长源、胡安国、胡宏、张栻、王船山等博学大师，他们的名字犹如点点星火，照亮了衡阳历史文化璀璨的天空。从数量上看，明朝嘉靖年间，全国共有书院 900 多座，湖南就占 124 座，其中衡州就达 31 座之多。从现有资料汇总，衡阳历代以来先后共有"书院"85 座。一代儒臣、湘军创始人曾国藩就在《重修胡文定公书院记》中大为赞叹："天下之书院，楚为盛，楚之书院，衡为盛，以肃岳故也。"

邺侯书院是有史可查的衡阳第一座书院，创办人为唐朝一代名相李泌。他的一生就是儒家"穷则独善其身，达则兼善天下"的真实写照。他历经唐朝玄宗、肃宗、代宗、德宗四朝，担任过唐德宗的宰相。他于唐肃宗至德二年（757）来到南岳，在烟霞峰下的兜率寺旁筑室隐居，取名"端居室"，一住就是十二年。"端居室"乃名扬天下的"邺侯书院"。历经朝代变迁，"端居室"旧址几近废弃。清朝乾隆时期，衡山知县在其遗址上重修邺侯书院。我们今天所见到的邺侯书院，为民国 11 年（1922）重修。

衡阳名气最大的一座书院，当属石鼓书院，始建于唐代

（806—810），位于湖南衡阳城北风景秀丽的石鼓山上。《水经注》记载，石鼓之名，因山势如鼓，山依水而立，水浪击石，其声如鼓。也难怪宋代著名学者朱熹也由衷赞叹："衡州石鼓山据蒸湘之会，江流环带，最为一郡佳处。"石鼓书院是一座历经唐、宋、元、明、清、民国时期的千年学府，在我国书院史、教育史、文化史上享有崇高的地位。唐宋八大家之一韩愈、理学鼻祖周敦颐、理学集大成者朱熹、湖湘文化的奠基人张栻等先贤大家都来此讲学论道。其与河南应天府书院、江西白鹿洞书院、长沙岳麓书院并称为宋代四大书院。石鼓书院因先后两次获宋太宗、宋仁宗亲笔赐匾而名扬天下。

为了纪念王船山，衡阳还专门修建了一座"船山书院"。清光绪八年（1882）由湖南提学使朱迪然倡议建立。彭玉麟、王之春、杨概、程商霖、蒋霞初等集捐。书院内祭祀船山神位，旨在学习、研究"船山学说"、传播"船山思想"。清光绪二十七年（1901），彭玉麟亲自聘请王闿运为山长（校长），在此主持书院20余年，传授"经世致用"学问，大批湖湘人才从这里走出，延续了衡阳的千年文脉。

衡阳亦是红色文化的热土。作为最早成立党组织的五个城市之一，马克思主义的火种最早在这里传播，中国革命的胜利彪炳着衡阳的卓著。"五四运动"期间，以衡阳为中心的湘南学生运动如火如荼，湘南各地学生在夏明翰、蒋先云等进步青年的召集下，在衡阳正式成立了湘南学生联合会。衡阳学生积极参加毛泽东发起的驱张运动。1921年10月，毛泽东在夏明翰的陪同下来到衡阳，在省立三师给大家作了《中国历史上农民战争问题》的讲演，考察进步社团组织"心社"。毛泽东深感心社的革命先进性，在心社骨干成员中发展了蒋先云、黄静源、唐朝英、蒋啸青四人入党，建立了衡阳第一个党小组中共三师小组和衡阳第一个社会主义青年团支部。在长期的革命斗争中，从湘南学联和心社走出来的革命者达600余人，成为中国革命的中坚力量，夏明翰被中宣部评为"100位为新中国成立作出突出贡献的英雄模范"。

衡阳三师党小组建立以后，派蒋先云、唐朝英、韦汉黄、静源、刘泰等党员进驻水口山矿进行革命宣传，掀起了衡阳工运热潮，举办工人夜校和工人识字班，组织工人俱乐部，培养革命骨干，建立水口山矿党团的组织，领导和组织了水口山工人大罢工运动。

在衡阳工人运动发展到一定阶段，中共湘区执行委员会借鉴浙江萧山、广东海陆丰农民运动的经验，探索和实践走工农联合的"工农握手革命"的道路。1923年初，中共湘区执行委员会指派刘东轩从水口山回岳北开展工作，串联发动进步骨干分子300多人，成立了岳北农工会，在衡山县白果地区一带开展斗争，树起了湖南农民运动第一面旗帜。

衡阳也是湘南起义策源地、井冈山会师出发地。南昌起义和广州起义失败后，为了保存革命火种，朱德率部艰难转战，选择了反动势力比较薄弱的湘南地区。朱德智取宜章成功打响湘南起义第一枪，挥师耒阳，掀起湘南起义高潮，点燃了土地革命的燎原之火，创造了中共历史上的"三个第一"：第一次提出中华苏维埃元年，第一次发行苏维埃劳动券，第一次创立枪炮局管理武器生产。湘南起义大军一万余人从耒阳水东江出发上井冈山，与毛泽东的秋收起义部队会师，创建中共历史上第一支工农红军新四军，成为中国革命的脊梁。

五　经济

经济是人民生存的生命线，作为历史文化底蕴深厚的衡阳古城，也是湘南地区的经济重镇。梳理古城前尘旧事，经济无疑最是调动的音符。

衡阳所在的地区属中亚热带湿润气候，具有温暖湿润、热量丰富、光照充足、降水充沛、四季分明的特点，既给人类提供了舒适的居住环境，也有利于人们的农业生产活动，助推了农耕经济的发展。殷商、西周之际，境内奴隶主役使奴隶种植稻、粱、菽、黍等农作物，实行"火耕水耨"。西汉中期至东汉初期，大兴农田水利。桂阳郡太守谷昕率领老百姓开凿耒阳卢塘，灌田数千亩。衡阳自古就是稻香鱼肥的"鱼米礼宾司乡"，为南中国的粮仓。明朝在全国设有159府，府按纳税粮分为上府、中府、下府三等，纳粮20万以上的为上府。明嘉靖《衡州府志》卷四《田赋》载："衡州府，田，一万八千一百四十七顷三十九亩二分九厘八毫；赋，秋粮二十一万一千二百六十八石七斗九升七合八勺。"明代衡州府当属上府。

隋唐时期，社会安定，经济繁荣，衡州人口激增。至玄宗开元盛世，境内有3.37万户，为贞观年间（627—649）的4.6倍；人口增至19.92万人，为贞观年间的5.77倍，产粮达千万担，棉、茶、丝、果等全面发展，茶、丝为盛，途经丝绸之路，远销西域、中亚等地。唐代中期，衡阳一带的粮食大量向外输出。唐代李勃重新疏通灵渠，沟通了衡州到桂林的交通，桂林屯兵的粮食主要来源于衡州和永州等地。

衡阳地处湘南要冲，历朝历代都是内地通往南疆的咽喉之地。矿藏丰富，工业发展源远流长。殷商、西周时期，先民在山上炼铜，制作生产工具、生活器皿和祭器。至西周末，在冶铜的基础上发展冶铁业。金属器具的使用，社会生产发生质的飞跃。春秋时期，境内已出现手工纺织。秦汉时期，衡阳的造船业兴起，造船技术有一定水平。秦汉征伐南越的战争中，衡阳即为造船、操练基地。

东汉和帝时，"纸圣"蔡伦于元兴元年（105）发明的造纸术传入境内，蔡伦造纸术的发明，推进了衡阳造纸业的发展，耒阳、酃县、临蒸乃至泉陵各县争先效法，建造纸作坊数百个，年产纸万担，行销外地。产于衡阳酃湖的酃酒始于西汉，盛于三国，历代均作为贡酒。公元280年，司马炎建立西晋，举行开国大典，将酃酒荐于太庙。张载作《酃酒赋》对其大为赞颂，湖之酒遂名满天下。

唐朝时，商品交易活跃频繁，官府所铸钱币不够，民间私铸钱币之风屡禁不止。衡州是唐代私铸货币最多的地方，甚至出现了"衡钱"这个专有名词。私铸货币的兴盛，极大地提高了冶矿业、手工业的工艺水平。衡阳人民在蒸水流域中发掘出砂金，一度形成淘金高潮，采金者达万人。

衡阳的陶瓷业亦是发达，考古发掘出来的窑址就有衡州窑、衡山窑和耒阳窑三处。与长沙窑闻名遐迩的釉下彩绘艺术相比，衡州窑和衡山窑偏向于以青瓷为主，大多数属于平民百姓日常烟火。衡阳的陶瓷业也深受佛教禅宗的影响，瓷器多用莲花图样的刻花。以"衡州窑"为代表的瓷文化，形成了中国民窑中最具特色的瓷产业。

两宋时期，衡州城成为东联吴会，北通荆楚，南控岭南，西接黔滇川蜀的通衢，成为南部中国商业贸易中心。城区街分经纬，道路宽敞，店铺中陈列着琳琅满目的各式商品。汉代时就兴办的常宁大义山荑源银场，在宋代成为全国著名银场，绵延十里，银光闪耀，擦亮了古城世界。

衡阳工业的发展可远溯至商周时期。常宁出土的江州青铜器、秦汉时期的衡阳造船业、产于衡阳酃湖的酃酒、蔡伦的古纸造纸术、唐代的衡州窑……无不展现了衡阳工业经济的起步之早、种类之繁多。衡阳现代工业发轫于新民主主义革命时期，以东阳渡兵工厂、秦记电灯厂为代表的企业，奠定了衡阳现代工业的基础。

1938 年，武汉抗战形势危急之际，该地工厂开始向西南、西北地区转移。最先迁往湖南衡阳的新民机器厂，在抗战时期，经过几年的艰苦经营，崛起为集采煤炼钢、发电到制造机床、蒸汽机、发电机、轧钢机及至炭精工夹具于一体的综合性企业，工人由 200 多人增加到 2000 多人。此时衡阳专设内迁工厂联合会，沿海地区和武汉地区的不少工厂陆续落脚衡阳湘江岸边，颇具规模和影响的工厂有：周锦水的华城电器厂，叶佑阶的民生铁工厂，祝燮臣的机器厂，陈馥歆的新华搪瓷厂，董之英的金钱牌热水瓶厂，邵鸿舜的福泰铁工厂，石庆福的固华电机修理厂等。此外尚有由长沙等地迁来的工厂数十家，如中州毛巾厂、宝华玻璃厂、裕华染布厂、国泰锯木厂、永生化工厂，以及一批大中型卷烟厂。这时城郊的白沙洲、黄茶岭、合江套等处烟囱林立，工厂遍布，蔚为壮观，衡阳工业步入新中国成立前的鼎盛时期。

随着工商业的发展，银行云集。中、交、农三家国家银行均在衡阳设有省级分行，广东、广西、湖北、贵州、四川、云南等一大批省级银行，上海、金城、聚兴城、复兴、益华、亚西、工矿专业银行和商业银行，共 30 余家，驻衡开拓市场。全国有 6 个铁路局，衡阳有湘桂、粤汉两个铁路局。中央资源委员会，中央信托局，农业部福生湘庄，财政部茶、烟专卖局，火柴专卖公司，湖南省贸易公司，湘岸盐务处等独占性经营机构，均在衡阳设有总部或分支机构，衡阳一跃而成为仅次于重庆、昆明的第三大经济中枢，游资之多，居全国首位，专卖、统税、工商税曾列全国第一、二位。

到 1943 年，衡阳稍具规模的工厂共有 215 家，手工业近千家。为了满足军需民用，工商户甘冒空袭之险，仍将店堂修饰一新，他们将货物上午车运郊外防空，下午返店开市，营业直至午夜方休，甚至通宵达旦。这一时期的衡阳工业总产值一度位居全国第二。当时衡阳被誉为"不夜城"，有"小上海"之称。

新中国成立后，衡阳市全面掀起社会主义经济建设高潮。在苏联的帮助下，中国成为工业革命的追随者，迎来了工业的全面建设时期。"二五"期间，衡阳是国家重点布局的核工业基地，中央 12 家核工业集群单位率先落户衡阳，建设了二七二厂、七一二矿、七一〇厂、四一五医院等核工业重大项目，创建了我国铀矿冶第一学院——衡阳矿冶工程学院，成立了我国第一所铀矿开采以及应用的研究所——核工业第六研究所。七一二矿为新中国第一颗原子弹成功爆炸提供了第一次核试验的大量铀原料，在中国核工业史上写下了浓墨重彩的一页，衡阳被誉为"核工业的摇篮"。

衡阳机械工业异军突起，成为中南地区矿山、冶金和农用动力机械生产基地，成为湖南省机械门类最多的地区，涵盖了通用机械、农用机械、汽车、电机和电器等四大类 34 种产品，涌现了有色冶金机械总厂、探矿机械厂、建湘柴油机厂、拖拉机厂、运输机械总厂、纺织机械厂、江雁机械厂、变压器厂、汽车汽配厂等43家骨干企业。衡阳矿山机械修造厂、衡阳探矿机械厂、衡钢、衡阳轧钢厂等中央、省国有企业安营扎寨，更给衡阳工业注入了新鲜血液。

衡阳又被誉为"有色金属和非金属之乡"，境内已探明可供开采的锰矿、铅锌矿、钨矿、铜矿、锡矿、金矿等有色金属矿和储量较丰富的铁矿、岩盐、瓷泥、石膏、大理石、石英、优质花岗石等非金属矿达50多种，各类矿点如星罗棋布，装点了衡阳这座富饶的宝地。钠长石含量居亚洲之冠，铅锌、锡砂列全国前茅，矿盐居华南之首。

中国改革开放，衡阳工业发展进入第二个黄金期。在中国工业从"国家工业化"向"混合工业化"的转型期，恰似"忽如一夜春风来，千树万树梨花开"，衡阳的工业品牌如雨后春笋般发展壮大。"三转一响"飞雁缝纫机、芙蓉手表、喜鹊自行车和收音机成为新婚家庭的标配。界牌瓷器、衡阳锁具国内畅销、世界闻名，衡阳生产了湖南第一台手扶拖拉机，"湖南农机看衡阳，衡阳农机看小拖"成为共识。到1992年，衡阳工业形成了以重工业为基础，机械、冶金、化工、轻纺、食品工业为支柱，中小型企业成龙配套的体系结构，涵盖了13大工业门类，全市产业工人达307360人，超越长沙。

进入21世纪，衡阳通过优化资源配置和产权改革，在新型工业化的统揽下，工业凤凰涅槃，再现辉煌，初步形成了核技术应用、输变电设备、电子信息、有色金属、盐卤化工、钢管及深加工等优势产业，新能源汽车、现代工业与数字化深度融合，涌现了一大批"冲出亚洲、走向世界"的品牌企业。衡变公司在超高压变压器领域创造38项世界第一、104项全国第一。衡阳钢管独家供应我国首个深海自营大气田——南海陵水气田，刻下

1542 米"中国深度";当今世界最长天然气输送管道——中俄东线天然气管道，总长 8000 多公里，采用衡钢高品质线管。衡钢在钢管领域创造了 19 项关键核心技术，18 项世界和中国纪录，登上中国工业界"奥斯卡"领奖台，荣获第六届"中国工业大奖表彰奖"。金杯电缆实现轨道交通电缆国产化，从我国首条长距离高铁干线武广高铁，到湖南的首条地铁长沙地铁，再到北京冬奥工程、世界首条智能化高铁京张高铁，金杯电缆占据中国高铁工程项目，三分天下有其一。恒飞电缆为国家发射火箭、卫星承担高精密、高技术含量特种电缆生产，在"长征"系列火箭、"神舟"系列宇宙飞船、"天宫一号"目标飞行器、"嫦娥"系列探月卫星的发射中作出杰出贡献……

古城衡阳，正在恢复往昔的工业荣光，擦亮"衡阳制造"的金字招牌，全面展示"衡阳制造"的底气与实力，为衡阳经济发展插上了腾飞的"翅膀"。

六　战事

在人类发展的历史进程中，战争的烽火总是刺眼地充斥在前行的光晕里。衡阳历来为潇湘重镇，"扼两广，锁荆吴"，乃历代兵家必争之地。每当政权更替，群雄纷争，衡阳总是金戈铁马，大战迭起，频遭战争烽火的创伤。在 2000 多年的建制历史中，发生的较大战争就达数百起之多。然而，坚强勇敢的衡阳人民，高举爱国爱家的大旗，大义凛然，英勇奋战，守护古城，谱写了一曲曲波澜壮阔的军事斗争的历史画卷。

透过时光的帷幕，笔者谨选取几场典型战争案例，窥探那战争的喧腾与惨烈。

距今约四五千年前，中华民族进入史书谓之传说时代，从黄河流域到长江流域的先民形成若干部落或部落联盟，为着各自的利益，始而相争，继而相亲，以后相争相亲，归结于完全同化。这一时期，部落与部落联盟或氏族之间的兼并战争，就已在境内发生。帝颛顼七十八年（约公元前2334年），术器（冀州诸侯共工之子）叛于南方，占据荆州衡阳，残害百姓，帝命辛侯（黄帝之曾孙）征之。辛侯领旨出朝，令伯常为先锋，召虎为后军都督，统率数万人马，开赴衡阳，斩术器于雨母山，部族则迁逃北塞。此乃上古时期境内战事的最早记载。

秦、汉两朝，中央政府曾多次出兵平南越（广东一带），征交趾（广西南部，越南北部），发起征服和统一华夏南方的战争，衡阳均为重要屯兵或进攻发兵之地。秦王政二十四年（前223），秦将王翦率60万大军灭楚后，挥师南下，经衡阳一直打到五岭一带，衡阳全境由此纳入统一的秦帝国版图。公元前214年，秦将屠睢率50万大军再度出兵衡阳，越大庚、骑田、都庞诸岭征交趾，因遭越民抵抗和运粮困难，相持三年之久。秦派监御史禄开凿灵渠，沟通漓、湘两水，终于征服南越。汉武帝元鼎五年（前112），中央政府也曾兵略衡阳，出桂阳、零陵平南越。东汉建武十八年（42），遣伏波将军马援，楼船将军段志征交趾，驻军酃县。汉灵帝中平年间（184—188年），长沙人区星，聚众万余，占据钟武（衡阳古称），自称将军，雄霸一方。零陵人周朝人等，亦率众起事，与区星策应。中平三年（186），长沙太守孙坚，亲率数万人至钟武，经过一个月围剿、安抚，讨平了区星，后又越境寻讨，平定三郡。

三国前后，各路豪强割据称雄。境内初由刘表控制，汉建安十二年（207），曹操南征，据有衡州之地，次年赤壁之战后，刘备乘机略取湖南四郡，境内又归为蜀地。建安十四年（209），刘备以诸葛亮驻临蒸，督长沙、零陵、桂阳三郡赋税充军实，以庞统为耒阳县令。建安十九年（214），孙权遣吕蒙攻取长沙、零陵、桂阳三郡。此后吴、蜀媾和，以湘江为界划江而治，境内分属长沙、零陵、桂阳三郡，湘江以东归孙权，湘江以西属刘备。至建安二十三年（218），吕蒙袭荆州，境内尽归于孙权。刘备在境内屯兵达十年之久。

　　清初，衡阳是南明政权与清军争夺西南诸省的主战场。清顺治元年（1644），南明将领曹志建、黄朝宣屯兵衡阳，南明政权招安的李自成部将郝永忠、卢鼎分踞衡阳。郝、卢二人纵兵殃民，弱肉强食。清顺治二年（1645）四月，南明湖广总督何腾蛟督豫、楚、秦、蜀、黔、粤诸军抗清。顺治三年（1646），清军大举进攻湖广。次年二月，何腾蛟先后兵溃长沙，走衡州，奔武冈。四月，清军占领衡州。顺治五年（1648）二月，清军复攻湖南，胡一清御清军于衡山，复战于府城青草桥，接着败走永州，清军二进衡州。是年十月，衡阳县举人王夫之联络同乡和南岳僧人数百人，在南岳方广寺举兵起义抗清，被忠于清王朝的湘潭人尹长民所破，王夫之避走肇庆投南明。是年，占据江西的降清明将金声桓和占据广东的降清明将李成栋反正，清军连失江西、广东。郝永忠等率大顺军与南明军乘机大举反攻，连克衡州、衡山及湘南、湘北各州县，包围长沙，前锋直达汉水北岸，几乎收复湖广全部失地。但由于南明政权内部党派林立、钩心斗角，排挤大顺农民起义军，战局急剧恶化。顺治六年正月，何腾蛟在湘潭被俘遇害。清军大举南下，明湖北巡抚堵胤锡与胡一清守衡州，战败走桂阳，清军三陷衡州。顺治九年（1652），抗清形势再次发生巨变。三月，据守云、贵、川一带的原张献忠部将孙可望、李定国、刘文秀与南明桂王政权实现联合抗清。孙可望留守贵州，李定国率主力八万出湖广，刘文秀率师六万攻四川。李定国进入湖南，连克靖州、武冈、宝庆等地，转攻广西，下全州，破桂林，再回师北上克永州。十一月，李定国与十万清军大战于衡州城下，血战四昼夜，大破清军，阵斩清和硕敬谨庄亲王尼堪。李定国出兵九个月，纵横三千里，收复湘、桂，大破清军数十万，"两蹶名王，天下震动。"此次战役因孙可望从大西军内部搞破坏，暗撤援兵，李定国愤而收兵走邵阳，清军四定衡州。

中国抗战史上最成功的战役——衡阳保卫战，发生于1944年6月22日至8月8日，是长衡会战的主要战役。占领衡阳，日军可以打通粤汉、湘桂交通干线，重挫美国"飞虎队"的防空部署，挽救被困在南洋孤岛上的孤军。为了攻下衡阳，日军调集了"全面侵华战争以来对一个地区进攻所使用之最多的兵力"，分三路包抄衡阳，切断衡阳与外界的联系，使之成为一座孤城。而衡阳只有第十军这一支疲惫不堪的"孤军"，人数仅有17000余官兵，且后继无援。面对如此绝境，衡阳军民死守孤城，用血和肉筑起一座又一座"城墙"，以一军之力，与日军10余万兵力相持达47天之久。衡阳保卫战是世界反法西斯战争史上一次非常重要的战役，也是抗战十四年中作战时间最长、敌我双方伤亡人数最多、战斗极为惨烈悲壮的守城战，中国军队和衡阳人民为世界反法西斯战争作出了巨大贡献。毛泽东在8月12日的《解放日报》社论中，盛赞"守衡阳的战士是英勇的"。1946年，国民政府批准衡阳为全国唯一的"抗战纪念城"。

解放战争时期，国民党出于内战的需要，加强了对境内的统治。1947年11月，湘省主席王东原致书全省官绅，动员实行全省"总清乡"，施政重点由"建设的交通第一"过渡到"军事的戡乱第一"。境内中共组织积极开展活动，1947 年 6 月—10月，中共湘南工委、中共华中区直属衡阳支部、中共衡阳工委相继成立。1949 年 2 月，中共湘南工委作出"武装起来、保卫组织，发动群众，打击敌人，迎接解放"的决议，境内建立了各种反蒋武装及游击队，打击敌人，搜集情报，配合人民解放军作战。1949 年 9 月 13 日至 10 月 16 日，人民解放军第四野战军与第二野战军集中 6 个兵团 16 个军 58 个师共 54 万余人发起衡宝战役，歼灭白崇禧 4 个精锐师 47000 余人，粉碎了白崇禧以衡阳为中心，组织"湘粤联合防线"阻挠人民解放军南下的企图，谱写了近代现代中国革命战争在衡阳的壮丽篇章。

读万卷书，行万里路。如果你渴望在历史的纹理中追忆那份古朴与沧桑，如果你期待在文化的瀚海中寻觅那份惊喜与回响，如果你祈愿在山水的灵气中浸润那份鲜活与神韵，无疑，古城衡阳，是你千万不可错过的打卡地，这里必将以明媚笑靥、风姿绰约遂愿于您！

收录于湖南音像电子出版社《衡阳传》一书

湘江，母亲河

我是大山的儿子，江的记忆远不如山的刻骨铭心。最初萌发对于江的憧憬，缘于读到毛泽东"独立寒秋，湘江北去，橘子洲头。看万山红遍，层林尽染；漫江碧透，百舸争流。鹰击长空，鱼翔浅底，万类霜天竞自由。怅寥廓，问苍茫大地，谁主沉浮？"那激扬豪迈的文字。自20世纪90年代走向湖南衡阳这座湘江河畔神韵飞扬的城市，尘封的记忆回归理性的现实，心中便幡然昂扬出湘江大山般的伟岸与厚重。

这是怎样的一条江啊？

她是生命之江。液之源，食之甘，饮之甜，光之暖，我们生活的每一天、每一刻，无不感受到她的馈赠与恩赐，正因为有了她的存在，沿江儿女才生生不息，绵延不止。

她是英雄之江。血战湘江的惨烈，衡阳保卫战的震撼，毛泽东、刘少奇、罗荣桓等一代天骄的崛起，屈原、谭嗣同、夏明翰等血性男儿的悲壮，雷锋、郑培民、袁隆平等时代赤子的忠诚，无不领受到她的孕育与浇灌。

她是神灵之江。湖湘文化的博大精深、源远流长；湖湘风俗的淳朴清正、卓尔不凡；湖湘物产的金字招牌、声名远扬；还有那，江水潺潺，轻帆点点，给人美的熏陶；江堤上，如诗如画的风光带，游人漫步，情侣牵手，几多情趣，几多悠然，让人心旷神怡，流连忘返。伴随改革开放和新时代的春风劲吹神州大地，我目睹湘江涛飞浪涌，奔腾不息，也见证沿江两岸日新月异，变化万千。一座座湘江大桥飞架东西，巍然屹立；一座座千吨级码头通江达海，货畅其流；一座座现代化工厂、电站拔地而起，播撒光明；一条条高速公路、钢轨铁路纵横交错，车流如织；一栋栋高楼大厦鳞次栉比，直插云霄；GDP 长了，城乡面貌靓了，人们的口袋满了；更有那，欢乐的孩童，英俊的小伙，俏丽的姑娘，怡然的老人，衣似锦，脸如霞，话如歌，展示时代的璀璨，畅抒生活的美满。

然而，有些年头，心情却是如此的惆怅，甚至怜惜多于爱慕，忧患甚于欣喜。关于湘江的呼吁不绝于耳，振聋发聩，水质的混浊，两岸卫生的不堪入目，污水排放的屡禁不止，水上餐厅的泛滥经营，非法开采的恣意妄行。

目睹如此景象，心口在流血，苍天在哭泣。我不禁扼腕长叹、仰天叩问：人类啊，当你吮吸着母亲的乳汁，为什么又是如此的伤害母亲？当你接受大自然的施舍与馈赠，为什么就不能给大自然以更多的呵护与回报？家乡的母亲河，难道我们只知道无休止地向您索取，就不知道对您坚守自己肩上一份沉甸甸的责任？

湖南只有一条湘江，中国只有一条湘江，世界也只有一条湘江。拥有湘江，人之福也；呵护湘江，人之责也。

"绿水青山就是金山银山。我们既要金山银山，更要绿水青山。"这声音响彻寰宇，"环保整治行动"一浪高过一浪，"河长制"将坚如磐石的责任沉沉地压在各级组织和党员干部的肩上。

看如今，今非昔比，湘江水更柔、江更碧，永远如一位湘水哺育的少女，青春靓丽，妩媚多情，赢得千千万万俊杰的热恋与怀想。

湘江的鱼儿永远自在地游动，长得更肥更壮；湘江上空的鸟儿永远自由地飞翔，唱着清脆的歌，画着优美的弧；湘江堤上的花儿永远自然地开放，展示玉唇样的瓣，露出灿烂的笑脸。

湘江两岸的草更青，树更绿，天更蓝，人更美，天人合一，臻于至善，民生增福祉，社会更繁荣。

湘江啊，母亲河，永远在我心中流淌的河！

刊发于 2007 年 12 月 19 日《金鹰报》"印象湘江"文学副刊

家乡那座古桥

沐浴着月光的温馨与淡雅，孤身在外的我，常常独自信游江边，漫步磅礴的立交桥，看江的朦胧、宁静与明澈。悠然时，我便神思着你啊，梦中家乡的那座古桥。

这是一座典型的乡村石拱桥，两个桥孔，中间一个挺拔的青石砌起的桥墩，风吹日晒，石块出现了裂缝，横七竖八地交错着，像一张网，经纬丝丝缕缕相承相连，仍然坚固地撑起沉重的桥身。桥面宽三米，长九米多，一色的青石板镶嵌而成。桥的两面是青砖砌成的栏墙，留有小孔。多少年来，桥身长满了青苔木藤，每到春天，古桥好一片绿色。到了夏日，桥面青石板的缝隙又长满了茸茸的小草，赤脚走在桥面上，既能感觉冷敷平滑的清凉，又能领受酥软润滑的绵意，真是人生一大乐趣。

古桥属哪个朝代哪个年间修筑而成，已无从考究，只有那被浊水洪流侵蚀得斑斑驳驳的桥墩，那被风霜雨雪磨炼出的一道道深深印痕的桥面，记载着它的年龄。

桥下，流水淙淙，增添了古桥的灵韵，又满足了村里孩童的癫嬉。我的童年，就是伴着古桥度过的。盼到夏的来临，这儿便成了我们这群小萝卜头的天然游乐场所。顺着古桥边的石级溜下水去，我们打水仗，肩扛石头在浅水里"扎猛子"，到古桥墩下的石缝里捉螃蟹，摸蚌壳，捞小虾。有时，望着神圣的桥体，每每引起我无限的遐思，做着憧憬成年后彩色的梦……

古桥，是家乡的骄傲。它历尽沧桑，以粗犷的胸怀，纯朴的气质，背负着匆匆行人，默默地作着无私的奉献。它连接着溪水的南北两岸。南边，是大户人家；北边，过桥走过一条幽幽小径，便是我的家乡方圆几十里有名的小镇——云集。每逢墟日，总有三五成群的人流从桥上走过。尽管有过岁月凋零、车少人稀的日子，但那毕竟已经过去。近年来，南来北往的人更多了。早晨，我看到成群结队的男男女女，迎着灿灿的朝霞，肩挑猪崽、水鸭、塘鱼，手提花生、鸡蛋，兴高采烈地走过桥去；傍晚，我又看到成群结队的男女，身披落日的余晖，肩挑电视机、录音机、电风扇，手提大皮箱、花布料，欢声笑语地走过桥来。古桥，给村里人带来了丰满的日子，成熟的欢愉！

提起古桥，村里人谁也不曾忘记那段弘扬民族气节的故事。民国27年，日本军国主义大举进犯中国。虽然，我的家乡地处偏壤，却也有两个鬼子兵骑马进入村子里骚扰，强奸掳掠，无恶不作。村里的百姓个个怒火中烧，气愤至极。一天深夜，村长纠集了八条剽悍的汉子，煅打了八把特制的长齿锄耙，装上长把。凌晨，每人喝了一碗烈性烧酒，躲藏在古桥之下。听到"笃笃"马蹄声，八条汉子绷紧了心弦，就在鬼子兵骑马过桥的瞬间，村长一个手势，八条汉子同时挥动锄耙，将鬼子兵拉下桥来，就地处死。趁着夜色，将尸体抛入了深山荒野。从此，村里人才有了安宁的日子。

故事代代相传，如今，就连我那五岁的孙女，每每见到陌生的来客，也会绘声绘色地给你讲述这个雄壮的故事，那神情，简直比我送给她大包棒棒糖还惬意。

无情的岁月剥蚀得古桥凸凸凹凹，去年春上的一场暴风雨，又使它添了几处新的伤痕。一位在村里蹲点的青年干部提议，干脆把古桥拆了，新建一座钢筋水泥结构的平板桥，村民们却坚决不依。是的，村里的土木房屋换成了宽敞明亮的钢筋水泥小别墅，古老陈旧的小木桌雕木床换成了红木新型家具，外婆的小摇车换成了拥有纺织机械的私营工厂，昔日冷寂灰暗的村庄变成了现代文明的村庄。可是，古桥不能换，古桥是神圣的，古桥是村里人的命根子；现代文明的村庄有了古桥作为点缀，才显得更加美丽和端庄。青年干部被村民们说得服服帖帖。于是，村里人自筹资金，从遥远的山寨弄来了大块大块的青石板，从外乡请来了有名的石匠，家家投工投料，古桥终于依照古朴的风格、恢宏的气势修葺一新。

古桥的栏墙新雕刻了飞龙走兽，花鸟虫鱼；桥的两端还竖起了高大的石碑，碑上刻着隽永的楷体字，记载着关于古桥的传说，古桥的英姿，古桥修缮的年月，刻上了一颗颗虔诚的心。

终于，我睁开了迷蒙的眼睛，眼前又是辽阔的江面，雄伟的立交桥，世界仍然这般美丽。

啊，古桥，立交桥，世界允许你们共存，允许你们相映争辉，世界才趋于完美，才更加可爱吧。

刊发于 1989 年 2 月 16 日《环境保护报》"武陵源"文学副刊

十月，看枫去

自古至今历代人绞尽脑汁花尽笔墨把红枫咏得如火如荼欲奔欲放，可这造物的巧夺天工出神入化是写得出的吗。于是，下了两年的决心邀了朋友去兑现：看枫去！

先在一个挂在山崖上的村子落脚，村子那边就是枫树林。二十多里蜿蜒陡峭的山路把我这几个城里的哥们戏弄得跟跟跄跄大伤元气。朴实憨厚的山里人问清我们的来由掉头长吁短叹，但还是慷慨地赐予了我们六根"拐杖"。习惯于山路的我礼貌地谢绝恩赐，雄赳赳气昂昂领先在前活像带兵的元帅与将军。

翻过一座山头，眼前便密密麻麻地平展了一片火红，好大的一片枫树林啊！树干高高地上升，在明净的碧空中映出整条的轮廓线，像天幕一般展开着它们铺张的、多节的枝丫；交错的枝梢成熟地伸展开颤动的叶子，好像织成的不整的穹门和彤红的云，停在晴朗的蔚蓝的天底。恢宏壮阔热烈奔涌，一种何等威慑人心的气势啊！

手之舞足之蹈呼啦而来的哥们，顿时默契了这枫的气势，浑忘意想，复何言说，只呆对这一片枫林了。

我说，走，枫林里去。这时，三弟才突然发问，这僻壤的所在何以有这一大片旺盛的生灵。我也说不清，只听村里人说，原来这是一片杂木林，每年"开禁"砍柴，因为枫树争强好胜硬与别的树木长得不一样，小时候便显出几分伟岸来。于是，山民动了恻隐之心，未能节制它的寿命便汪洋成势了。我查阅过科普资料，书上说枫树种贱，树上开花结籽落地生根长成树苗，也有随风漂泊的，也有于鸟类的腹中作免费旅行到最后新陈代谢落之苍茫大地的，随遇而安。于是，风餐露宿呼天地之灵韵，三年五载又是挺挺拔拔的一棵枫树，一棵咬着一棵便蔚为壮观。

走进林间，枫的烈焰从四面八方前后左右向我们奔涌而来。天上飘着，红的雪花，大片大片；地上铺的，红的地毯，踩上去沙沙有声。有小鸟于林间啁啾，有阳光于叶中灿然，有歌声于群山回荡，愈添了这山野的静谧。

有叶落于脚边，顺手拾起，左看右看翻看复看，除了红的特殊之外，与其他树叶相比较并无多少异样，骚人墨客赋诗作文咏枫的笔墨却多花在这叶上，最著名的有唐朝杜牧夫子的"停车坐爱枫林晚，霜叶红于二月花"。少年毛泽东也曾对枫叶顶礼膜拜。其实，那叶一片一片的火红，便显得有些单调。但这单调的孜孜不倦的重复再重复，却又能于茫茫大自然中露一番风采呢！诸君看过电影《红高粱》，那不过一苑一苑普通又普通的草本植物，然平凡的普通连成一片，装点西北那无边无际的黄土地，不便成了天下之奇观么！枫叶也便是如此的奇观了！

读过《诗经》，那红叶题诗，表达的其实是爱情的悲哀。哥们可不管它悲哀不悲哀，认同的只是热烈与挚诚的象征，每人弄了几十片，均有打算写一首多情的小诗书一手潇洒的草体字，赠予恋人或友人。我亦默然！

刊发于 1989 年 3 月 15 日《青年知识报》散文专页

竹 园

一支雄师，一支驻扎在我家门前的小分队！阴柔之气阳刚之美铸就的丰姿，潇洒于冰霜摧打烈日曝晒的肉搏战场！

丛篁密幽的嫩尾竹，不就是刚刚走向军营的新战士？婀娜隽永的露竹，不就是飒爽英姿的女兵吗？坚韧挺拔的凤尾竹，不就是屹立于礁石上的哨兵吗？凝重拔节的老楠竹，不就是戎马倥偬的将军吗？

分明是一座扑朔迷离的殿堂，分明是一座富丽堂皇的天宫，缠绕着芸芸众生的神往！

杜鹃在这里安家，白头翁在这里栖息，百灵鸟在这里演奏。于是，孩子们在迷宫里领略了大自然的风采，欣赏到世界上最美妙的音乐，聪明起来富足起来，纯性被陶冶，预支的灵韵定格兑现。

一个春韵绝响后的早晨，绵绵雨中新笋疯长，勾起了孩子的灵性，拔了几棵得以显耀。妈的心颤颤的，嘴角抽搐，"没了竹，你会失去这些朋友的。"孩子哭了，晶莹的泪水表示出忏悔。从此，与竹的感情更深厚了。

夜深人静，格子里爬累了的我，沐苍茫的月色，任馨香的风吻着，信步一条悠长、静谧的小径，徜徉于竹的氛围，恰似饮了一杯清香的浓酒，醉了。心十足的惬意，什么感伤，什么忧郁，什么宠辱，均不复存在。倦意无影无踪，整个身心飘飘然起来，欲将超凡脱俗，走向绝妙的境界。渐渐地，摇曳的竹竿竹枝拍打出缠绵的催眠曲，仿佛当空的月亮给竹株洒落如水的光瀑。啊，这竹园的夜！

伴着秋的旋律，株株竹子成熟如伟岸的汉子。断秆落叶和零乱的脚印记叙着昨天的年龄。一个晴朗的天，橘红的太阳染红竹梢，迎来缕缕乳雾，年老的父亲把历尽沧桑的竹标记出来，挥动长长的砍刀，运足力气，很有节奏地砍向竹兜。于是，苍老的生命焕发出新的神韵，剽悍的风采得以无限的延续。一支关于竹的歌，从竹园飘出，沉重而高亢……

刊发于 1994 年 3 月 10 日《环境保护报》"武陵源"文学副刊

放牛坡

放牛坡，被微风毛雨丽日吻得女性之柔和男性之剽悍的放牛坡，斑驳的记忆摄下你多少默契我童年的憧憬童年的梦！

在我知晓浩瀚的宇宙有星星有月亮的那一天，我就知道你。东方的天际才放射一道白光，哥摇醒我纯真的梦，聚拢全村的娃子，吆喝着水牛黄牛挺进你的怀抱。

啊，一片绿色的海洋！茸茸小草以一腔热血一掬激情冒出坡地，虔诚地付出它旺盛的原始欲望，挤挤挨挨钻入空气的缝隙没有非分之念，唯想让价值得到真正的兑现。

无需人的向导，牛群本能地涉足你的胸肌，狂野地满足生之欲。

我们在放牧一群生灵，不，我们在庄严地接受大自然的馈赠。满地"大"字，是躺在妈妈怀抱里的稚子，看白云的悠闲，看蓝天的静谧，看鹰之翱翔、蝶之舞蹈。

这儿是我们的战场，"第三次世界大战"提前爆发，敌我双方各执笨拙的"真家伙"对垒，"轰隆"之声响彻云霄而自口中扫射，厮杀心照不宣。旌旗摇曳一方凯旋，鬼哭狼嚎一方仓皇逃退。胜利与失败，属于全体伙伴的专利。

追逐，嬉戏；捉迷藏，办家家；登高望远，放风筝。有时，也有泪的代价，但却充实了更为硕大的甜蜜，一切被欢愉取代。

牛，亮开了嗓门，炫耀着潮流、心态和食物链的丰饶。

夕阳把放牛坡染成一片金黄，预支信心和寿命，以母亲的爱意，昭示着七彩的收纳。

我们骑上牛背，吹着牧笛，驮着赤橙黄绿青蓝紫的童稚，去作晚上的梦，去作新的孕育。

啊，放牛坡，一支希冀的歌！我伟岸的相思树！

刊发于 1988 年 9 月 15 日《环境保护报》"武陵源"文学副刊

酒　家

　　飞鹭驮满明净的毛毛细雨，抖落在迷蒙的山村峡口。几条舟子，横七竖八，悠闲自在地栖息水面。青山，小桥，溪水，垂柳，一幅优美的古朴画，托出一座小小酒家。

　　袅袅炊烟淡蓝淡蓝，葱香，姜辣，油星，盐花，悠悠扬扬，弥散开去。男人们经不住诱惑，船夫们经不住诱惑，颤颤悠悠，向酒家倾斜。

　　水气飘飘拂拂，一片乳白。雾中，走出一女子，她笑，似玉如花。纤柔的手，顶着盘，轻盈如燕凌空飞上飞下。

　　"客家，饮几盏，添劲解乏。"柔和得如流水，似春晖。

　　"嫂子，这酒，醇；这菜，香；可就是，这店房，太小，当心被笑浪挤垮。"

　　"嘿嘿，开张不久，多多包涵。信用社主任已经发话，下个月给我贷款一千元，店房加宽扩大，还要装上那个'嘭嚓嚓、嘭嚓嚓'的双簧喇叭。"

　　"嘻嘻嘻……"

　　"哈哈哈……"

　　船夫们把水面的艰辛，浸到了酒杯里，丢进了笑浪里，暖洋洋地走向明天的梦。

　　　　刊发于 1988 年 8 月 8 日《湖南金融周报》"银海"文学副刊

秋天的树

河流消瘦的季节，大雁又高又蓝地把秋色写进天空。

树啊，你却在经受一场惊心动魄的劫难。野蛮的风，冷酷地撕扯着你的身躯，你像狂奔的烈马甩动纷乱的鬃发，像咆哮的野牛扭弯了粗壮的脊骨。你的叶子，潇洒于原野却是肉搏中失败的苦果；你的皮，失去了往昔的润滑，留下累累伤痕，粗糙如山里的石子路。没有了浓茂，没有了苍绿，瑟缩的枝条暴露出干裂的黝黑，冷漠于苍茫大地。

我黯然神伤，战栗的心向你低头啜泣。

啊，不，猛抬头，凛冽中你凝重稳健的身躯昂然出现在我眼前，如白浪中的礁岩，如大雨中的卫士。风，删去了你多余的章节，而对你的主题无可奈何。你沉淀在风暴中思索，回味着昨日的激动；你积蓄着力量，准备迎接更严峻的挑战；你向冻土索取养料，向冷月吸收热能；你的根系倔强地扎入深层的黑暗，奋力撑起广漠的天宇。

啊，秋天的树，高擎赤裸的主题站成旷野的纪念碑！

刊发于 1988 年 11 月 10 日《环境保护报》"武陵源"文学副刊

太阳，在旋转

——致乡村个体运输户

一双才放下锄头的手，一双还没有蜕去厚茧的手，握起了方向盘，握着一轮冉冉升起的太阳，旋转，旋转。

走天涯，闯海角，乘浩荡风云，行万里征途，驮回日子的美满，生活的幸福。才下汉口，卸下澎湃的江涛；又去羊城，载起中国农民几千年的自豪……

山，向你微笑；树，向你点头；云，与你同行；路，振动着翅膀，伸展到遥远的天际，任你驰骋。

太阳，在旋转，旋转着金灿灿的岁月，旋转着闪烁的希冀。

刊发于 1991 年 1 月 30 日《中国交通安全报》"长安街"文学副刊

往事回眸

逐梦青春

恰如著名作家路遥先生《平凡的世界》所彰显的时代元素、纯粹、浪漫、向上、尚美始终是人生的主基调，纵然生存的环境何其艰辛，仍然充盈着激情、梦想与勇毅前行的敞亮！

晨曦毕竟升起

盖世伟人毛泽东曾经有过这样一段宏才博喻，你们青年人好像早晨八九点钟的太阳，希望寄托在你们的身上。那个时候，我还只是一个懵懂小孩，伟人的"教导"却在我幼小的心灵打上深深的烙印，我的生活也发生过与这"八九点钟的太阳"交相辉映的故事。

走过七月燃烧的炼狱，我们几个从山沟里飞出的小鸟兵败考场，被一纸不值分文的信函从沸腾的校园又遭送回了这僻壤的所在。内心也没什么死去活来，胜败乃兵家常事；更何况改革开放，农村也如那春天的泥土焕发出袅袅升腾的生气。但走入现实，却并不是我们想象的那么单纯，倒不是因了面朝黄土背朝天的劳苦，也非锄禾日当午、汗滴禾下土的艰辛，只是这山里的日子太枯燥太单调，我们渴望知识的滋润、精神的纷呈，生活呼唤多彩阳光的朗照。

在那个冬日的晚上，我们聚到了一块。我和清华、刘军等四哥们左腋枕头右腋武侠于一张三尺宽的小床，对面坐着两位女同胞。神侃天南地北古今中外，话题落到应该成立一个组织来把山里的年轻人凝聚。

通晓世界历史的培根弟列举了日本明治维新时期的太阳社、读书会、同盟会。他说我们也应该朝着这个方向想，我们尚年轻，我们需要知识的武装，需要探索真理寻取改变家乡振兴家乡的道路，现实的起点就成立一个读书会吧。他的提议立即得到大家的赞同。

说到应该办个会刊取个刊名，刘军说叫"路"吧，我们在学习走路，我们在走着路，我们又在开拓路。哥们说富有诗意却显得落于俗套。

清华说叫"凤凰山"好了，凤凰鸟有鲲鹏之志无燕雀之心；我们的家乡有一座远近闻名的凤凰山，凤凰山蕴藏着许多优美动听的传说。他的话没说完，两个女同胞站起来说反胃呢，挖空心思绞尽脑汁不堪女同胞一击，刘军叫道真窝囊。

继续谈论唇枪舌剑，竟不知跟着地球自转了半个周期，东方泛起了一线梨花白，波光乍亮，渐次，火红火红的球体冉冉升起光芒万丈。我们几乎异口同声振臂高呼："晨曦，燃烧的生命。"对，我们的刊物就叫《晨曦》吧！大家高高举起的手臂似飘扬的旗帜表达了对这刊名的一致认同。

紧接着四海翻腾云水怒，五洲震荡风雷激，狂飙为我从天落，发演说摘通联促膝谈心发展会员，银行弄来两百元贷款（价值现在两千），购纸张买油墨写稿组稿编稿印稿，烽火半月，一份洋溢着油墨芳香的油印刊物，飞到了宣传部团县委广播电台文化馆和会员的手中，顷刻间四通八达名扬浉河两岸。接着第2

期、第 3 期也如破壳而出的雏鸡纷纷出笼。县电台用了整个"青少年专题节目"的时间，宣传了我们这些山里伢子的惊天骇俗。霎时间，小山沟骚动了，小县城沸腾了。

然而，好景不长。正当我们着手办第 4 期刊物时，银行催还贷款的通知飘然而至。我们各自拿出全部积蓄，包括唯一领着国家薪水的清华兄当月生活费垫上，满打满算也只凑够两百块。我们打报告跑机关找头头，得到的是千篇一律的答复："极力支持你们，经费的问题可以研究。"支持的前面加上"极力"这种诚恳的修饰语，当时委实让我们这些处在困境中的学子感激涕零，并倾注了无限的情感期待。然研究的结果却是一幕永恒的等待。因此我们认了自己的道路自己走，依赖别人没奔头。

我遂血气方刚摇唇鼓舌，六十年前浙江南湖游艇上十三名共产主义者靠的是什么竖起绝世丰碑？信仰和意志！那么我们呢？我们 80 年代的中国年轻人尔等小事也束手无策不自惭形秽吗？我们有一双手，就不能挣钱吗？我们不是书生吗？书不就是我们的品牌和优势，我们办个图书室承办租书业务吧。

阿 Q 一番之后，哥们又平添了几分神韵，各自立即以行动加以响应，当天凑足五百册图书，在集镇租了一间房子。装饰书屋那当然是我们的拿手好戏，打出大幅广告，张挂名人字画，借来录音机播放圆舞曲迪斯科。

残酷的现实却给了我们当头一棒，守了整整两天，竟不曾有一人体谅我们的良苦用心前来光顾。山里的人啊，能够付出几十上百块钱修建土地庙，能够付出几十上百块钱一步一磕头求神跪拜木头菩萨，竟不愿或根本没曾想过花上几分钱看看两寸厚的鲁迅、巴尔扎克、普希金。我们失望了，一个个蔫不拉叽浑身无力，似冬日里的菜叶一副霜打模样。

　　"马克思发现了人类历史的发展规律，即历来为繁茂芜杂的意识形态所掩盖着的一种简单事实：人们首先必须吃喝住穿，然后才能从事政治、科学、艺术、宗教等。"刘军这小子摇头晃脑背诵着恩格斯在共产党的祖师爷马克思墓前说的那段金科玉律，然后瘫倒在床仰天长叹。

　　清华兄飞起一脚踢了过去："吵死。"

　　"要文斗不要武斗。"

　　我们想笑又想哭。

　　"各散五方行，算了。"培根弟悲怆出声。

　　"散吧。"清华兄遥相呼应。

　　"好吧。不过，散是暂时的。"停了停，我又补充说："好聚好散，来点什么意思。"

　　哥们心领神会倾囊而出，零零散散刚好够买六杯茶水。我们便以茶代酒痛饮人生。随后手拉手围成一个圆圈，神情庄严肃穆似醉非醉："再过十年又是一条好汉！"

　　两个女同胞哇哇哭了，因为这场面再悲壮再伟大毕竟是来得多么滑稽的失败的注脚。

　　之后，我们之间也没了多少联系，都匆匆忙忙地走自己的路去了。

　　弹指一挥，五年过去。在一次外出办事的途中邂逅了许久不见的刘军。身在异乡为异客，相逢知己别样亲。我们进了馆子，开怀畅饮一番。谈话中，得知这小子近几年发了。那年我们散伙以后，他一气之下南下广东，先是跟人打工，后来干脆独当一面承包了两项工程，指手画脚每月能捞上万把块。

　　谈及我，也吐露了五年来的业绩，由民办教师转为了公办教师，发了些文字，依了家人从事个体经营，虽说文人经商昧不了良心赚不了大钱，可这腰杆子委实比早几年还是硬了一点。

说到都有些钱了，至此情愫些许骚动，便不约而同地回忆起那尴尬的往事，我问："读书会的事就让淹没在记忆的长河里？"

"哪里，我正寻思着东山再起呢。"

我抬眼看了看他，在他肩膀上给了一巴掌："看不出你小子还真不赖，双手沾满铜臭还有兴趣顾及这个。"

"老兄你也太小看人啦，我们这工程管理没基西（知识）行吗？"灰不溜秋的广东腔。

当即，我们合掌为十驰马下江南，找到了清华兄。这哥们五年里也混成了个人上人，二十几岁评上了中级职称，又从山沟沟里调到了局机关。听了我们的设想，他的嘴角掠过一丝笑意："这个、这个嘛，我非常拥护，只是，你看我这手头。"言下之意，没闲工夫顾及那些纯情的玩意儿了。

我们又快马加鞭找到两个女同胞，岂料这俩妞早已被做母亲的沉重压得喘不过气来，还说那时真是太浪漫太天真，还说命里注定八合米，走遍天下不满升。这话吓得我们走投无路落荒而逃。对于他们，我们实在不敢恭维但十分理解，人各有志，人人有一本难念的经。

我打刘军的气："两人也得干。"刘军划拳行令："干就干！"我们就商议如何干。我说我喜欢文学，我们的读书会改成文学社吧。刘军说，宗旨也得改过来，会员全部吸收个体户，你的家人不也从事个体经营吗，商品经济的浪潮澎击每一个角落的今天，有了经济实力作后盾办事情就能天马行空；当然，接收的会员虽是个体户但都得能舞文弄墨；至于文学社的社名啦，改成"贾苑"好了，会员都是做买卖的嘛。我说社刊就沿袭《晨曦》好了。刘军说一切听你的，关键是得干出点实事来。

那天晚上，正是中秋之夜，我们肩并肩地坐在山村的一口池塘边，融融月色照在我们的身上感觉格外的通透。夜渐次往深里走，我们却没有一点倦意。清柳拂风，清风拂面，池塘荡起层层波纹，这个晚上，留给我们多么美好与亲切的回忆。

事情并不如我们想象的那么简单，个体户中能够舞文弄墨的毕竟凤毛麟角，我们仅仅发展了十多名会员。但我们丝毫也不悲哀，我们热情似火，壮志凌云，干劲冲天。联谊信件发到了全国各地，刊物向著名作家约稿组稿，我们还设想筹资举办全国性的征文大赛。

当然，有过失败的教训自然少了一份燥热多了一份深沉，我们有再失败的心理准备。因为，假如时运不济生意场上一次摔跟头，就足以将我们玫瑰色的梦呓破碎成灰暗的尘埃。然而，晨曦毕竟升起，光明开始彩排，梦呓即使破碎，尘埃也会折射出一道闪烁的光环。只要达到了这一点，我们的心也就坦荡了！

陋室春秋

中学毕业不久以后，因为山外的教师不愿进驻我们这个偏僻的地方，十六七岁的我便以代课教师的身份登上了三尺讲台。昔日总是坐在台下体会那种任人摆布的滋味，想象中的教师是多么的神圣与崇高。没想到，而今自己也站到了这神圣的所在，尽管面对的是一群山村小学里七八岁的娃崽，却亦有一股飘然的冲动与喜悦涌上心头。

校舍坐落在一座山岗上，是那种早年四合院式的简陋的平房。学校里三四个教师，一色地干着教书营生种田糊口的民办教师。放学以后，各自回家伴着妻儿耕耘另一份天地。唯我少年伢子一个，吃爷饭、穿娘衣，天塌下来有人顶着，便卷起铺盖住到学校，伴随清冷的校舍度过那寂寞的时光。

我爹长年在外，我从小在母亲的身边长大。我的母亲是那种甘于清贫的良家妇女，一生只知道在清苦与寂寞中辛勤地劳作。我受母亲的熏陶，小小年纪便练就了一副耐得住寂寞与孤独的好性情。

放学以后或是节假日，平常也还热闹的校园变得一片静寂，屋顶上偶尔几只麻雀的叽喳更增添了小小校园的宁静。我不善串门子，再说我们那山村串门也非易事，虽说一家炒辣椒，几家打喷嚏，但要从这一家走到那一家也非得花上些时辰不可。于是，我的大多数时日便在办公室里度过。

也算办公室呢。泥土地面，却很干燥。没有楼板，但楼梁上却铺了一层竹条子，竹条上面又铺了一层稻草，稻草上又铺了一层泥土，我的家乡叫"扎土楼"，虽说没木板扎得结实、好看（当然更比不上水泥预制板了），却于节约木材、挡风御寒，是极好的一个补偿，因此也不知沿袭了多少年代，只有墙壁上斑驳的墨迹和掉落的土块记载着这房屋建筑的历史。

我毕竟是个读书之人，懂得美的某种不足可以通过另外一种方式来加以补充和修饰。买来白纸，把墨迹斑驳的墙面粘贴遮盖起来，使一片黑变成一片白。再托友人从城里购来几张明星的玉照，贴在墙上。字写得不好，但自己认准就行，龙飞凤舞，书得一二条幅，或名人名言，诸如"让他去说吧，走你的路！""珍惜哦，一小时，3600 秒"；或诗词佳句，诸如"勤能补拙是良训，一分辛劳一分才""书山有路勤为径，学海无涯苦作舟"等等之类，贴于墙的正中，以此抒怀言志。尽管是些颇具先古遗风十分简陋的桌椅床架，摆上一摞一叠的巴尔扎克、鲁迅、王蒙之类，铺上素洁的床单，摆上一只爹给我添置的小型收音机，先古遗风渗透一点现代气息，实在也不失为一个幽雅别致的好去处。如此一番，再在门边书贴对联一副，那上联曰：巧装饰，陋室也能生辉；下联曰：苦攻读，凡人亦有作为。横批是：莫负春光。

有了对联的激励，更不敢怠惰。闻鸡起舞，围着校园跑上两圈。强身健体之后，洗漱完毕，捧一书本朗声诵读，任声带的放肆在校园回荡，大可不必因为顾及别人的关注引起情绪的骚乱。当初升的太阳从东方蓬勃升起，或一篇古文，或一首诗词，已深深地扎入脑海。傍晚时分，教学一天，绷着的神经这时得松弛一下，浏览邮递员两天一次送来的报纸，重点之处，或摘录，或剪贴，独自惬意地干着自己喜欢干的事情。

要么躺在床上，一边听着收音机里美妙的音乐，一边浏览当天送来的报纸；要么什么也不看，什么也不听，什么也不想，就静静地躺在那里，瞪着眼睛呆呆地望着楼板；要么任思绪似骏马驰骋于无际的草原，似小溪缓缓流淌于静谧的森林，似大雁翱翔于湛蓝的天空。

有时走出门来，闲庭信步，此刻，校园是那样的静寂，心境是那样的悠然，这是一种多么惬意的生活啊！什么是幸福？这就是幸福！少年不识愁滋味，清贫不觉寒酸气，有追求而无名利的羁绊，无所谓困扰，无所谓揶揄，无所谓尴尬，充实而无悔的人生！

夜深人静，皎洁的月光洒满苍茫的大地，窗外松涛阵阵，陋室寂静无声，微弱的灯光下，批改完学生的作业，莘莘学子遨游在古今中外的书海之中；或记下一天的观感和收获，书一首小诗，写一篇短文。刚开始还不曾想过要将自己的笔墨变成铅字，只是作为一种精神生活的消遣和需求，后来偶然在吉林人民出版社编辑出版的文化刊物《新村》上读到当代著名作家浩然谈创作的短文，受之启发，欣然写下一篇两千字的叫作《浸种》的小说寄给该刊，寄的时候绝无发表的奢望，很大程度上只是兴趣所致。意想不到的是，四个月后的一天，一封印有《新村》编辑部字样的大信封跋山涉水飞到了我的手里，打开一看，居然赫赫地印着《浸种》这篇小说。当时是一种什么样的心情，现在说不清楚。我只记得从来没有这般高兴过，恰如小时候听说村里放电影的感觉，要说不同的话，是更强烈更激昂罢了。当时接过邮件，我是蹦跳着走进陋室里去的。

从此以后，陋室与城里的高楼大厦便有了先是豆腐块，进而鹦鹉学舌、邯郸学步炮制出数千数万字并冠以"文学"这两个神圣字眼的中短篇，从这个离县城也有五十多公里的山沟沟—陋室中飞出去，再由都市的高楼大厦里演变成散发着油墨芳香的铅字飞回来，确实勾起了潜意识里沉淀着小生产遗传基因的农民儿子情愫的昂扬与兴奋呢。

因了处女作后面的"作者简介"，省城一倩女曾几次远行驻足陋室，读那份古朴中洋溢着现代气息的丰韵，闻那份散发着泥土芬芳的书香，与陋室的主人聊及文学、社会、人生，情愫些许骚动，觉及外面的世界太精彩，外面的世界也太无奈，播下一份纯情于陋室之中，鸿雁数载。尽管缘于陋室主人的木讷和谦卑，最终未能驾一艘方舟淌一条河流，可那份刻骨铭心的情感亦是很动人很深沉的。

屈指数来，陋室之中，我整整度过了五个春秋。我非常庆幸有这五年的生活，它使我受益终生。如今，我虽然住进了城里的高楼大厦，但乡居陋室的那段生涯总撩起我的记忆和怀想。我珍惜今天的生活，我不敢怠惰，也许，从陋室里走出来的人，愈懂得对生活的热爱，愈懂得生活的艰辛吧。

大信封落户深山沟

从呱呱坠地到离开那方乡土，我在家乡整整待了 27 年的时光，那时候没有手机没有私人电话，与外界联系的唯一方式几乎就是书信往来。在我的书橱里收藏了数百封当年留下的信件，而今每每看到这些在岁月长河中渐渐泛黄的信封信纸，一种熟悉而温馨的气息便扑面而来，由此掀起内心深处阵阵珍贵的涟漪，而那个大信封犹如一朵闪烁的浪花更勾起我悠长的回味。

那年，我在家乡的村办小学担任民办教师，校舍的四周群山环抱树木葱茏，放声高歌，除了山谷的回应，就是朴实憨厚的山民们的惊讶与好奇了。生活委实单调，便尽己之能事寻取精神的绿洲。一天去乡政府开会，在乡文化站站长的办公桌上读到创刊不久半月一期的《文学青年报》，不读则已，一读难舍难分，文化站长只好无奈地将当年度已经送来的 18 张报纸全部惠赠。

像放山的汉子得到了一块充饥的面包，像隔夜的牛牯踏入一块芳草萋萋的平地，像久雨不晴阴霾笼罩的大雁飞上一方湛蓝的天空，我贪婪地吮吸着它的乳汁，它的甘甜，一颗躁动的少年之心得到了暂时的充实与慰藉。时过半月，下年度报刊征订工作开始，尽管当时民办教师每月 13.5 元的生活补助让我的每一天都显得过于清贫，但还是狠心地节省小半外加母亲卖出十个鸡蛋的钱，订了一份翌年度的《文学青年报》。

新年的脚步匆匆走来，一天又一天，每次邮递员从山外的世界走进山里，我都要翘首企盼，期望按时读到改为周报的《文学青年报》。但令人感到遗憾的是，待到当年 5 月，我才仅仅收到 6

张报纸。我打听到报纸丢失的原因主要有两个：一是邮递员没有认真投递到位；二是报纸送到村里代邮员的家里后，被人悄悄拿走。

一次又一次的失落，一次又一次的惆怅之后，我终于提起手中的笔，给《文学青年报》编辑部写了我真诚的建议：改进发行投递工作，以让这棵新生的幼苗茁壮成长。说实话，写这封信只是出于一种血气方刚的冲动，事后并不期待着得到希冀的结果。

然而，就在10天后的那个上午，秋日的阳光温柔地洒满金黄的大地，屋顶的山雀欢快地唱着撩人的歌曲，百来个学生聚集小小的操场，我站在台前正煞有介事地喊着"一二一、一二一"的时候，突然校园外面有人大声喊叫："侯老师健康，你的信。"听到喊声，另外一位教师继续着我的口令，我大步走出校门，村代邮员恭恭敬敬地把一个好大的牛皮信封交到我的手里，当时我还从来没有见过这么大的一个信封，长一尺许，宽不少于八寸，是《文学青年报》编辑部寄来的。

我迫不及待地打开一看，内有一大沓报纸，夹书信一封，信的主要内容是：给你补寄来报纸，非常抱歉；报纸创办的时间不长，发行投递工作确实需要加强；谢谢你的建议，希望多联系。村邮递员还告诉我："《文学青年报》社给邮电局挂了长途电话，督促做好报纸投递工作，局长表示了歉意。邮递员嘱咐我向你道歉，今后一定不会再少你的报纸了，请你放心。"

收到这样一个大大的信封，我就感动不已了，何况补来报纸，何况打了电话。于是我想：应该为《文学青年报》尽点绵薄之力吧。报刊征订工作又要开始了，我逢人便为《文学青年报》大作广告宣传，希望有更多的青年人来订阅这份报纸。然而，当时在我们那个山村，要让村民自费订阅一份报纸，真比我辅导班上那个白痴学生还要难上十倍。总不能无以回报吧，对了，自己掏钱一个人订它两份。学校的同仁对我说："健康健康你真有点傻啊，一个人订一份看看不就够了吗？"我说："傻就傻呗。"那时，我还开始学着给《文学青年报》投点稿，居然也占过一两次版面。

事情如果仅此而已，那么留在我心头的感触恐怕也只有对《文学青年报》编辑的敬佩和感激之情了，印象自然没有今天这般深刻，也不会有今天这般深情的缅怀和留恋。事情奇就奇在寄来的大信封给我的生活带来了一些戏剧性的变化，才使得我的人生有着今天这般美好和富有意义。

那天我收到《文学青年报》大信封的事，一传十、十传百，很快就在全村传开了，大家雀跃般纷纷赶来观看，一些叔伯叔婶见了夸奖说："你娃崽有出息咧，省里用这么大个信封给你寄信。"同辈的年轻人，见到我远远地就投来羡慕的目光，似乎我就变成了比他们高出一等的贵人。

可是，就我本身的认知，尽管收到大信封也感到有一份特别的情愫在心头涌动，感觉到一种新奇，一种鼓舞，一种前行的力量。但我毕竟清楚，作为一家省级报刊，编辑部使用大信袋邮寄邮件是一件很平常很一般的事情。我这样解释，村里人却又说："有出息的人呀，总是这样谦虚。"我越解释，笼罩在我头上的神秘色彩似乎更浓了，使得我在村民们心目中的位置显得更加圣洁，更加崇高和伟大，我干脆什么也不说了。

当年，村里改选团支部，大家一致推举我担任团支部书记。我一再推辞："我年纪还小，我干不了的。"可村主任摸着我的头说："咋干不了呢？报社都用大信封给你寄信。"于是我想：村里人都说我有出息，为什么我就不能做个有出息的人呢，干就干吧。下了决心，我就不相信有干不成的事情，我便"初生牛犊不怕虎"地挑起了这副担子。正在这时，学校调走了一位被学区指定负责的教师，学区又将这个任务交给了我。两个"官衔"同时降临，我更不敢有丝毫的松弛和懈怠，"捞起眉毛扎起须"，扎扎实实干了一年，到年底，团支部工作和学校工作竟双双被乡政府评为先进。这似乎更应验了村里人的预兆，"大信封"赋予我的传奇也就更玄了。在这种神秘的氛围里，我想我不能使山里人失望，我不能愧对父老乡亲，我更加发奋地工作，发奋地阅读和创作。

山上的树木黄了又青，青了又黄；门前的小河浅了又深，深了又浅。几度春秋，几番风雨。今天，我早已从一名民办教师转为公办教师，进而调到了县直机关、市直机关工作，从一名普通的读者成长为发表了数百万字作品的作协会员。天外有天，人生无常，尽管前行的路还会有更多的坎坷和曲折，但只要我们不曾忘记走过的深山沟里那弯曲的羊肠小道，不曾忘记父老乡亲那朴实的情怀和炽热的期待，未来的路我们就会走得更稳、走得更深沉。

时过境迁，我不知收到过多少也不知给别人寄出去过多少那种大牛皮信封，但《文学青年报》当年寄给我的那个大牛皮信封至今珍藏在我心灵的博物馆里，尽管我一直认为，我生活的变化绝非应了山里人的预兆的那样与大信封有着必然的联系。但是，大信封给予我的激动和鼓励，大信封酿成的那种神秘的氛围给予我的前行的热忱，却永远是我生命中璀璨的风景和力量的源泉。

为世界添一分喧嚣

教坛十年，因了写作上的一点"名气"，27岁那年，一家县级机关将我招了过去。这时候，总有关心着我的人问："还写点文章吗？"于我的心底，这实在是一个多余的话题。为什么就不写了呢？想起在乡下的日子，那般闭塞艰难，劳作一天，任凭天寒地冻酷暑炎热蚊虫叮咬，总执着地在昏暗的煤油灯下辛勤笔耕，风风雨雨走过了十来个年头，如今条件委实比以前好得多了，文笔也比以前趋于成熟，我有什么理由辍笔不写了呢？

诚然，环境和地位的变化是能改变一个人的追求。可我深信自己有坚强的意志固守那份钟情于文学的挚爱，何况自己只是一个当差的平头百姓，虽说在衙门供职，也不过是个"小二"的"小二"。但是，我又不得不承认，调入机关的两年多时间里，写的东西的确是比以前少得多了、肤浅得多了。每每躺在床上，总有些创作的欲念搅得夜不成眠，爬起来，铺开稿纸，希望能够写出一锤子定音的高层次买卖。但是，好久好久，却一个字也写不出来，一份沉沉的失落和惆怅也便萦绕在我的心际。到底怎么了？我的灵性哪里去了？是千篇一律的模式化文字僵化了我的灵感吗？是繁杂琐碎的事务没完没了的应酬枯竭了我的文思吗？是，却不全是。痛定反省之后，我发现关键的原因在于自己心事变得浮躁，无法一如既往地专心致志，沉进文学的瀚海，惰性也从中乘虚而入，有时想写又懒得写。在乡下，闷头走自己的路，一心务道，什么级别、金钱、地位从来就是与我无关的事情，每月拿个两百三四十元就心感平生足矣。不谙世事喧哗，门庭冷落，就是人家当你没有这个人也不曾放在心上，甚至根本就不去意会。可调进城里也算步入仕途以后，置身的氛围却总是闻及某某提了副师级正处级副处级正科级之类百说不厌的话题，淡泊的心境不能不掀起些许涟漪；每每见到一个个款爷富商手拿大哥大身坐豪华车住进装修得富丽堂皇的居室，囊中羞涩之感又油然涌上心头；每每见到一个个与自己学问水平高不了多少的头头脑脑们端坐主席台口若悬河高谈阔论，或出入大小场合前呼后拥的壮观场面，心头又不免产生些许冷落之感。在这种时刻，笔杆子有什么用？文学有什么用？发表那些灰不溜秋的文字又有什么用？

然而，当沉沉的夜幕笼罩了这个喧腾的世界之后，当妻儿在鼾声中进入了甜蜜的梦乡之后，我的心海又变得宁静起来，默默地置身书桌前的我，遨游在那书海的静谧与温馨之中，灵魂又开始在不断地净化和升华，我的生命似乎又获取了最灿烂的一瞬，不仅感觉到一种心理的满足，更感觉到接受了一份受用终生的馈赠，一种强烈的表现欲和写作欲也随之产生。基于这种铭心刻骨出神入化的心理体验，我又发现，这辈子是难得抵住文学赋予我的诱惑了，我与文学的恋情恐是永远难舍难分了。便痛下决心，摆脱那种夺人执着的浮躁，继续在那爬不完的方格中寻取一方属于自己的乐土。兴趣来之，书一条幅以自勉，曰：为人为文，绝权欲，弃浮华，潇洒达观，归其天籁。贴于墙上，又惶惶然，恐有牵强附会故作清淡高雅之嫌而留得尴尬于人前，自己毕竟一介凡夫俗子，能完全超脱客观环境置于我命运的安排吗？能完全做到物我两忘走出这个浮华的世界吗？但转而又想：这总该是我向往和追求的一种境界，我期待着这种淡泊宁静的生活，那么又何惧公之于众呢？佛家有句行话：心中有佛，多行善事。小时候学刀伤止血，师傅告知我曰："口中念念有词，心中默默地惦记着师傅，血自然就会止住的。"默默地惦记其实只是心中保留这种意念罢了，那当然带有一些迷信色彩，不过，手功止血是不是包含一点气功学在里面，那是另话。时下我的心中就留下这种追求一种境界的意念吧，我想，只要这种意念留存心中，这样我的思想、我的灵魂会趋净化日臻完善的。

说到真的作文，那时候我就想，恐注定是难以写出鸿篇巨制或深沉之作了，我真的没有了这个自信。这或许会酿成我致命的悲哀：文不出色，政绩也平平，当官出头更是茫然。有什么法子呢，这是命运，这是活法。中国的文人似乎只有经过百般的磨难在清贫的境遇中方能写出经典之作。不可能逃避现实置于我的际遇，那么，来点雕虫小技吧，立足在有人谓之平庸与深邃的夹缝中挣扎，取得生存和发展。俄国作家契诃夫尚且说过："大狗大叫，小狗小叫，用上帝赋予它们的嗓门，尽情叫好了。"怎么办？就做只小狗吧，无论如何，总该是要叫的，管它洪亮、嘶哑、稚嫩，就为这个世界添一分喧嚣罢。

刊发于 2024 年第 5 期《湘江文艺》杂志

丙辰纪事

踉踉跄跄行走在时光的隧道里，时间这把无情的雕刻刀，冷不丁就将一个稚嫩的幼童雕刻成沧桑的老朽，多少人和事，一如儿时的我，妈妈让我数星星，一颗、两颗、三颗……总是数不清。而有些年华的碎片，比如公历 1976 年即农历丙辰年的那些事儿，就像天空上散落的星辰，顽强地悬挂在浩瀚的天幕将那清冽的光辉洒落凡尘。

春　节

那一年的春节叫革命化的春节，儿时的记忆，那是打破一切旧的习俗，怀揣火热激情的元素，去追赶一场轰轰烈烈的集会。

大凡即使孩童也都知道，过年就意味着热闹和喜庆，置办年货，贴春联，放鞭炮，串门儿，走亲戚，行礼数，人与人之间变得异常的客套和从容。大概这既是过年的基本形式，也是其深刻的内涵。

而丙辰年的春节，却给我全新的感悟和洗礼。

大年初一，那时我还在睡眼朦胧之中，生产队长出工号的哨音便震天价响，仿佛黑夜里的一束雷电，将我酣睡中的美梦撕得粉碎。我十分惊奇地擦拭着双眼，好奇地向爹打听：怎么了，初一就出工？

爹告诉我说，春节前一天，公社、大队都召开了动员大会，号召社员群众今年要过一个革命化的春节，全体青壮劳力上工地参加劳动。我们大队决定调集五百名青壮年劳力，利用春节农闲时期，开发大队前面那片山坡地，全部栽上茶叶林，兴办大队"百亩茶场"。

时令踏入新年，冬天的寒意却仍在大地奔涌。乡村泥泞的小路上，男女劳力披挂尚未散去的晨雾，手扛锄头，肩挑粪箕，陆陆续续向坡地进军。我们这些小孩儿，夹杂在大人们中间，屁颠屁颠，追逐着新鲜、喧闹和好奇。

虽说只有几百号人，而集聚一个山头，却仍然呈人山人海的汪洋之势。大队已经用石灰线将坡地分成若干块，根据劳动力的人数，将任务分配到各生产队。山顶上搭起了一个小小的主席台，主席台的上方，悬挂着"苦干二十天，建好百亩茶场"的大型横幅标语。横幅旁边的高音喇叭，不间断地播送着革命歌曲，公布劳动任务完成进展情况，宣传工地上涌现的好人好事。昔日的荒坡地，此时红旗招展，鼓角相闻，劳动的号子在上空回荡，社员群众挥汗如雨、你追我赶的劳动场面蔚为壮观。

第三生产队有个青年叫刘春华，二十一二的年纪，身体健硕的一个壮小伙子。年前，他特地将未过门的媳妇接到家里来过年，可听说大队组织过革命化的春节，建设百亩茶场，硬是把小媳妇一起拉到工地，加入劳动的行列。小夫妻俩一人挖土，一人挑方，解了棉衣，又脱了毛衣，白雾似的热气腾腾地、柔柔地从他们身上向周围舒展、弥漫，彰显着青春的活力，洋溢出甜蜜、温馨和幸福。

工地指挥部适时把小夫妻俩的事迹编成顺口溜，在高音喇叭

里播送："革命小夫妻，春节上工地；挖山挑土方，浑身是力气；开荒建茶场，确实了不起；学习他们俩，竞赛争第一；大干又快上，夺取新胜利。"一日之间这对小夫妻的名字，就像轻盈的小鸟，飞入了全大队的每家每户。

上午十点多钟，高音喇叭里传出大队支书的喊话声："各位社员同志们，在今天这个革命化的春节里，公社党委对我们非常关心，公社雷书记在百忙之中专程抽出时间来看望大家了。"劳动的人们放下手中的工具，喧腾的场面立时寂静下来。支书提议："让我们以热烈的掌声欢迎雷书记给大家作重要讲话。"

质朴真诚的掌声过后，雷书记从容不迫地站到了临时搭设的主席台中央。我抬头一看，这是一位四十多岁的中年男子，脸色深沉，看不到一丝的笑意。雷书记对着扩音器，干咳两声，眼神扫视了一遍工地和人群，然后放开嗓门说道："社员同志们，你们辛苦了！为了过好革命化的春节，我们公社全体干部都没有放假，我今天特地来到你们大队，代表公社党委向大家表示问候。"

工地再次掌声雷动。雷书记抬起双手叫停社员群众的热情，突然话锋一转，"但是，人民群众也要注意防止个别人破坏我们革命化的春节。"

有人突然站出来报告："刚才，十一队有个人想要溜出劳动工地。"

雷书记马上指示："是啊，我们要教育大家，让人人都过好革命化春节。"

民兵营长带头高举拳头引领群众山呼口号：

"苦战二十天，建好百亩茶场。"

"过好革命化春节，为社会主义建设作贡献。"

口号声、尖叫声、呐喊声，响彻云霄，震动山野，几只小鸟掠过工地的上空，旋地打个转儿直击苍穹。

雷书记一走，大队支书便宣布大会结束，号召大家继续以只争朝夕的精神，大干快上，加快茶场建设。

革命化的激情，冲天般的干劲，迎来了春暖花开的季节，全大队的社员群众，用血，用汗，用亲情，换来了绿的葱茏、茶的飘香。美丽的采茶姑娘们，点缀在蓝天绿海之中，手指在茶叶尖上跳着轻盈的舞蹈，细柔的采茶之声仿佛来自天籁，撩人神往。

时光荏苒，回首那个特殊的年代，那个激情燃烧的岁月，我们的党和国家，发动千千万万的人民群众，办水利、开梯田、绿荒山、架桥筑路，这一切，是新中国成长起来的基石，何曾不是改革发展的基石！那用血和汗水甚至生命筑成的水利工程，直至今天仍在发挥不可低估的作用。

当然，我们的先辈，我们的父母，为此付出的沉重代价，又岂止是一个春节的团聚和愉悦，有据可查，当年冬修水利，有多少人为此献出了鲜血与生命的代价。

读　报

我的母亲出身于一个贫苦农民的家庭，对于知识，对于文化，一如城里长大的孩子对于犁耙功夫。听母亲说，她只读过一册书，也就是说只上过一个学期的学。而长年的劳作，世事的打磨，早已把老人家一个学期学得的知识还给了老师，而老师呢，早已作古。

母亲已在她六十多岁到七十来岁的时候，与父亲在老家经营点小杂货，那小杂货呢，也就是烟酒盐火柴等一些日常生活用品而已。那时候农村特穷，买东西赊账的太多。母亲不识字，记账有她特殊的方式，买一包烟划条小杠杠，称一斤糖画一个小圈圈。就是凭这种说简单很简单，说复杂有多复杂的我们老祖宗用过的最原始的方式，母亲把小杂货的账务打理得清晰明白。只是那些赊账，到现在还有不少未能收回，早就成了我们老家所说的"烂账"。做儿女的无所谓，母亲也看得开，她对我们说，"算了，老了有你们养着，也不靠那点钱，乡里人本来就苦。"

读书看报，我从小就养成了这样一个良好的习惯。这得益于我的父亲担任了三十多年的大队干部和村干部。那时候，没建村部，后来建起了村部，也很少有人坐堂办公。农村干部是一个双重身份，他们虽然说是干部，本质上的意义还是农民，除了干好大队那份工作，还得参加集体劳动，还是靠工分吃饭。农村实行生产责任制以后，他们也得像其他农民一样，耕耘好自家那份责任地。这就使得乡里的邮递员常常把报纸送到大队干部的家里来。应该说，在那种物质生活与精神生活都极其贫乏的年代里，我却拥有了报纸这份精神上的大餐。

我的青少年时代是个政治主导一切的时代，普通老百姓对于国家大事的关注，可以说超越于任何一个时代。何况当年的报纸，不仅是党的喉舌，还是政治的载体，那时的政治学习就是读报，从社员耕作的田间地头，到工人做工的生产车间，从军营前线的哨卡，到学校课前十分钟的教室，都要组织读报活动。而我的读报，最初是由少年求知的欲望所催生，进而濡染了对政治的敏锐和关注，每当国家发生重大政治事件，我都要拿来报纸读给母亲听。

虽说已经进入"清明时节雨纷纷"的时节，料峭的寒意似乎对人间仍然有着一份眷顾。淅淅沥沥的雨丝不知疲倦地洒个不停。而屋内，妈生的煤火升起阵阵暖意，责任的躁动更掀起我对妈的一份倾诉。于是我对妈说："妈，我给您读段报纸。"

母亲只是一个农家妇女，生命中不曾有过对于政治饶有兴味的基因，但对儿子的提议，仍然不加思考地欣然应允。

于是，我便以一份庄严的情愫给母亲读报。母亲似懂非懂，加之在我读报的时候，她还在不停地干着手中的活计，也许她只知道，农民只有干活才有饭吃。听到我情绪高昂的读报声，也只是顺着报纸的宣传说一句："国家好，老百姓才好。"

记得那天晚上读完报纸，我还把读报的感觉写成了日记，日记中记录了我的执着和真诚，只是那都已经成为历史的碎片、岁月的补丁，早已随着时光的消失像风一样飘去。

九月

9月的日子，太阳当空闪亮，硕果爬满枝头，大地洋溢出淡黄的色调和清凉的气息。而1976年的9月，却被黑的色彩笼罩，因为一代伟人毛泽东走了，这让多少中国人充实了半个世纪的精神世界突然之间空荡荡、飘零零的。过世的不仅是毛泽东的生命，还有亿万人的心啦。

听到毛主席逝世的消息，那一刻我们正在田间劳作。那些年我们这些学生娃正高举抗大、共大的旗帜，开门办学，田间劳作成为我们学习成长的必修课。乍听毛主席逝世，我的心里咯噔一下，第一反应是不可能，毛主席万岁，怎么还能去世呢？然而，向我们讲出这消息的是公社武装部部长，这就不得不让我们将信将疑、信以为真了。

第二天，我们就从大队的高音喇叭得到证实，中央人民广播电台向海内外同胞全文播发了《告全党全军全国各族人民书》，声音舒缓、低沉、沉痛。悲伤的哀乐通过无线电波滚滚飘向广袤的天际，泱泱中华沉浸在巨大的悲痛之中。

民间谚语说，闰七不闰八，皇帝老子都要杀。毛泽东逝世的丙辰年，恰好是闰八月的，同一年的正月和三月，开国元勋周恩来、朱德相继撒手人寰。

不知是上天的安排，还是世事的巧合，丙辰年也是闰八月，当年"改革开放的总设计师"邓小平同志也离开了他"深爱的祖国和人民"。

毛泽东主席的逝世，举国同悲，山河流泪。成群结队的人民群众被各级党委作为代表选派进京参加吊唁活动。中央、省、市、县、区、公社、大队七级组织，同时举行隆重的追悼大会。

上级安排每个大队推荐一名农民代表参加县里的追悼会。能够参加县里的追悼会场，那可是一项莫大的荣耀。大队支部研究决定，选派八队的夏生老汉参加。夏生出身于一个贫寒人家，苦大仇深，搭帮毛主席、共产党翻了身，对党和毛主席怀有深厚的无产阶级革命感情。

追悼会的场面的确悲壮而令人心伤。阴沉的天空下，神州大地亿万群众臂戴黑纱，胸佩白花，悲痛不止，人们默默地抽泣，有的甚至号啕大哭，象征着举国同悲的半垂国旗，把东方雄鸡点缀得更加伤感和哀痛。

刊发于 2012 年 4 月 19 日《衡阳日报·湖湘周刊》

锣鼓咚咚锵

　　乡人婚丧嫁娶，每每要把锣鼓班请进门来，喜庆热闹一番。一套锣鼓班一般由七至八人组成，围一张方桌，坐四条板凳，各执一乐器，咚锵咚锵咚咚锵，边打边奏边演唱，并不化装，一人演几个角色。唱的剧目多半是传统小戏，诸如《樊梨花》《薛仁贵征东》《刘海砍樵》之类，有段时期，也盛行演唱过《红灯记》《沙家浜》《智取威虎山》等革命现代京剧戏。若办丧事，有人来吊孝，则停戏奏哀乐，一个个煞有介事，灵前有戚戚之容，戏前却存融融之意。

　　说起来，我跟锣鼓有些缘分。记得小时候，我们村有一套锣鼓班，当时村里的文化生活贫乏，看不上电视，听不到录音歌曲，半年还难得看上一场电影，那锣鼓咚咚锵听起来便觉新鲜。出于好奇，跟着一帮野孩子，常凑了去，里三层，外三层，围得密不透风，口里不时也跟着"锵锵喊锵奇，锵锵锵锵喊锵喊"地念叨。因了爹是我们村这块小天地的头，锣鼓班的人都认得我，有位唱小生的大哥，还常把我拉到他的身边，手把手地教我打鼓、添钞、拉胡琴，还教我唱些花腔小调。

　　上了中学，围观锣鼓班就不是单纯的好奇了，听着那锵锵之声，就仔细琢磨其跌宕起伏的节奏；欣赏那悠悠的小调，便细细地品味其优美动听的旋律；听着那一环套一环的韵白，便努力去融会唱本的情节和故事，一听就是大半夜甚至通宵。于是，心里头就萌发起了长大学打锣鼓的念头。与生产队里几个伙伴商议，都极感兴趣，并推我为头，定好谁当鼓手，谁吹喇叭，谁唱花旦小生。无意间将我们的打算透露给了爹，没想到他老人家很赞赏。可学锣鼓得置乐器，要花好几百块，钱从哪里来呢？村后有块荒地，水源方便，爹叫我们就在这块荒地上打主意。我们明白了，这块荒地可开垦成水田，开成水田后就可以种粮食，种了粮食卖了不就有钱了吗？从此，每天放学后，我们八九个伙伴，时间都花到了这块荒地上。

可是，田还没开成，我就进城念了高中，落下的活儿就只得由伙伴们干了，这牵头的职务（当时叫组长），我也交给了德林哥。在城里念书的日子里，不时要给德林哥写信，问起开荒造田的事。当年寒假回去，只见德林哥已带领伙伴们把田开成了，方方正正，有五分多的面积。翌年他们就在开荒的田里种了水稻，打了百多斤谷子。第三年，田里作物熟了，打了九百多斤。这千多斤谷子卖给国家，也有四百多块钱，按当时的价格，这就够买一套锣鼓班的乐器了。

我高中毕业那一期，要迎接升学考试，一学期没回过家，也没跟德林哥他们联系。大概是离高考还有个把月的时候，德林哥进城来，说是钱够了，特意进城购买锣鼓器材，还说请师傅的钱村里面答应出，理由是成立锣鼓班也是为了丰富群众的文化生活，也是宣传工作的需要。至于那丘开垦的新田，已经归交村里了。为纪念锣鼓班的娃娃们，田的名字取为"锣鼓方丘"，写入了田册簿，这就意味着子子孙孙都得叫这个田名。德林哥还捎来爹的话："打就的草鞋生就的命，读书莫霸蛮，别伤了身子，爹当了一辈子的农民活得一样痛快，考不上大学就回家学打锣鼓。"

当时，我为爹的处世哲学困惑过好一阵子，这样一位姓"命"的农民，为何在他三十多年村干部的生涯中，竟然维系了全村千多号人的生存与安定。当然，现在我开始明白，那其实是一种普通人的信仰在支撑着爹的事业，这是题外话。

遗憾的是，命运并没有安排我去学打锣鼓，却将我差使到了一所市里的师范学校。这时我想：恐今生再也没有进锣鼓班的福分了。读了几年书，被分配到一所乡村学校当了"孩子王"。于是，我人生的步履也就固定在了办公室至教室这条五十米的小道上，周而复始地往返。可是，德林哥们偏没有把我这个老伙计忘怀，有时附近有人家请锣鼓班，总要三番五次地将我邀了去，帮他们添个锣唱个小生什么的，凑个热闹。但我终究不敢放肆，本来教务繁忙，无暇应酬，再说自己毕竟吃了国家这份"粮"，就得以教为本，报效祖国。所以，他们的盛情还是常被拒绝，一个学期也难得凑上一次热闹，实际我与锣鼓几乎绝缘。

眨眼几十年过去，前一阵，社区组织开展文明创建活动，说是要成立一个锣鼓班子，一则配合社区开展各项宣传教育活动；二则社区里有人操办红白喜事，可以就汤发面，不要另请锣鼓班子了。社区人才济济，不乏多才多艺之人，这锣鼓班说成就成了，但少个鼓手，我这昔日与锣鼓的缘分便派上了用场。早些天，社区举办"文明创建文艺汇演"，我们锣鼓班登台献艺，臭美得还真有点飘飘然。由此我联想到，百姓也自有百姓的快活，人生何处无芳草呢？事业上锐意进取为上，心态上顺其自然、随遇而安为好，心里头又多了几分坦然。

刊发于 2024 年第 1 期《参花》杂志

老 庚

在我的老家，如果同性同年出生，且感情甚好，有商议结为"老庚"的习俗。老庚是一对最好的朋友，却有比朋友更深一层的含义，结成老庚就是一门亲戚，除了久别重逢要互称"老庚"外，双方父母也得改口叫"同姨爷""同姨娘"，父母则叫儿子的老庚为"同姨崽"，老庚生了儿女，亦叫父亲的老庚为"同姨爷"。逢新春佳节、红白喜丧，双方都互相来往，赠送礼品，这些都是比朋友的更深之处了。

结为老庚一般始于少年时代。我在读初中的时候，班里有十几个同年出生的同学，有五六个玩得甚好，看到大人们经常互称"老庚老庚"的，我们便也凑到一块商议："我们结老庚吧。"另外有一两个同学，本来不怎么要好，看到我们这股热乎劲，也加入进来，这样我们便结成了"七老庚"。有些同学取笑说："老庚老庚，屁眼里出烟。"我们七老庚满不在乎，团结得很紧，课间，总凑到一起打球、做游戏、讲故事。讲故事的时候，一人一个轮流来。放学的时候我们同出校门，互相道别。新年开学，七老庚轮流请客，今天你家，明天他家，虽然有些父母心有积怨，但碍于面子，也都客客气气地招待我们。

一天，有位老庚带来消息，说是华主席来攸县桃水镇视察。桃水镇离我们村只有十来里路远，农业和社队企业非常发达，华国锋同志在担任湖南省委书记期间，的确到过桃水参观，70年代中期，当时担任国务院副总理的陈永贵也曾来过桃水视察。听到华主席来桃水的消息，别提有多么振奋人心了，要知道，那年代就是能够见到一般的中央委员也会感到是多么的荣耀。于是我们商定，逃课去看华主席。

翌日清晨，东方刚刚破晓，我们七老庚各自带了点吃的东西，一大早便集中到了村口。人到齐后，阔步直往桃水赶。一路上，我们说呀笑的，有位老庚说："听说离桃水三里之外都安排了解放军和民兵站岗，要是他们不让我们见华主席怎么办？"有位老庚马上接口道："那我就装做几岁的小孩大声哭起来，'我要看华主席，我要看华主席'，华主席知道了，还会拍着我的脑袋说'真是毛主席的好孩子'呢。"我们边说边走，蹦蹦跳跳，不知不觉就来到了桃水镇。可是，走到桃水后，发现这里却是冷冷清清，华主席根本就没有来。我们沮丧透了，加之一路小跑，腿脚酸疼，一个个坐在阶檐下一步也懒得动，直埋怨说："华主席不来，为什么陈永贵也不来呢？"眼看天色渐渐地黑了，总不能久待在桃水，只好站起来振作精神回家。等赶回家，已是晚上九点多钟，我们大多挨了父母的臭骂。

第二天上学，第一节课是语文课，担任我们语文课的正好是班主任。走上课堂，老师就叫我们听写生字，我们七老庚被叫到黑板上写，其他同学在座位上写。当时我们以为老师叫我们听写昨天学的生字，心里都害怕写不出来。谁知老师报给我们写的都是以前学过的字，一人写一个，报给我写的是一个"bu"字，我开始写了一个"不"字，突然一想：读初中了，老师怎么还会叫我写这么容易写的字呢，又想将这个"不"字改成"布"字，可当我准备擦掉的时候，老师却说："写好了就不要擦了。"紧接着，老师又变换着次序，报了六个字，七老庚刚好一人写一个，都是以前学过的，我们暗自高兴："今天老师报这么容易写的字，真是幸运。"待大家都写完，因为我是班长，老师叫我连起来读一遍，这一读，我才吓了一跳："不许你们拉山头。"我们七个人一下子都蔫了，个个低头不语。老师狠狠地将我们批评了整整一个钟头，直到一个个流着眼泪承认"错了，今后保证改正"才收场。从此以后，我们便再不敢叫"老庚"了。

但是，有一个叫德贵的同学，跟我却没有断绝"老庚"的关系，开始暗地里叫，后来逐步公开，久而久之，老师也没加干涉。当时，我们俩都是学校文艺宣传队的成员，不过，我演的都是"革命小将""红小兵"之类正面人物，他演的都是地主、反革命之类反面人物，但我们配合默契，在台上，我们是敌我矛盾；在台下，我们是老庚。每年春节，他都要给我父母拜年，我也要给他父母拜年，双方家里遇上红白喜丧，都要前往吃酒送礼。直到我参加工作，远离家乡，我们的来往才渐渐减少。调到城里后，我们差不多有三年没有见面了。

早些日子，妻率女儿回乡下，正好碰到了我的老庚，他叫爱人为"同姨嫂"，妻让女儿喊"同姨爷"，女儿因从未见过我的这位老庚，忸怩地不肯叫。老庚摸着她的头说："不要喊唎，不要喊唎。"随后给她买了不少糖果和饮料。妻回来说与此事，唤起了我对少年时代那段纯朴生活的回忆，欣欣然，挥笔写就此文以记之。

刊发于 1996 年 4 月 1 日《衡阳日报·星期天》"家庭与生活"副刊

脚背上的吻

儿时母亲的吻，热恋时女友的吻，也算是一种入骨的美丽了。可是，我最难忘的还是那次老师烙在我脚背上的吻。

十多年前，我还在念小学五年级，春末夏初，阳光金唱片一般诱人，中队辅导员刘老师决定带我们去郊游。

清晨，我们登上当地的名山——凤凰山之巅，大家坐在荫凉处小憩。有同学建议：搞野炊怎样？全票通过。同学们分头去准备，我和两位同学负责捡柴。

山腰一片杂草丛生的地方，我们发现不少枯死的树枝。三人高兴得一拥而上，一条花斑蛇吐着信迎出来，我还来不及转身逃走，脚背已有一种刀割似的痛楚升起，接着是一阵麻木，脚怎么也不听使唤了。两位小伙伴连忙将我抬起，一边走一边喊叫："蛇咬人啦，蛇咬人啦。"

刘老师和其他同学闻声赶来，刘老师一边急跑一边匆匆拆下草帽上的绳子。同学们把我平放在草地上，刘老师喘着粗气用草帽绳在我左脚的踝部、跗部、小腿肚处紧紧地缠了两圈。然后，她伏下身子，嘴巴贴着我的伤口使劲吮吸，吸一口，再吐一口。渐渐地，我苏醒过来，刘老师脸色阴沉下来，原来她已中毒。后来，经过十多天的治疗，刘老师又满面笑容出现在我们面前，我觉得她嘴角一笑最美不过了。

如今，每当我吻着自己的孩子，就情不自禁地想起十多年前那带血的吻……

刊发于 1993 年 8 月 13 日《衡阳日报·晚报版》"金光草"文学副刊

文坛佳话

人生驿站，
那缕照亮我前行的暖阳

阳春三月，大地渐渐地从料峭的乍寒中苏醒，我独坐书房，案头摆放着刚刚收到的《南叶》杂志，上面登载了我退居二线以后创作的第一篇小说《村庄纪事》，这也是我退休以后发表的首篇文学作品。此刻，一束阳光透过窗户的玻璃射进书房，房间里溢满了暖阳的气息，我的心房也如点亮的灯火，顷刻间充盈了丝丝的温暖和透亮。

那还是去年的 2 月，组织上让我从领导岗位退居二线，昔日里整天忙忙碌碌的我，曾经是多么渴望有一丝丝的清闲，可是突然闲置下来，就像一只飘零的气球滚落地面，生出诸多的无所适从，倒不是对于权力的留恋，只是突然之间由一个忙人变成闲人，心理上还没有来得及错位的调整。

那天，我静坐书房，整理过去的一些资料，回想起青少年时代做过的文学梦，心想，在这人生的驿站，是不是可以重拾文学的梦呓，去寻找一份心灵的归依呢？

家人看到我整整一个上午没有走出书房，以为我心底有些沉闷，便对我说："闲下来没事，请个假出去走走，散散心吧。"

家人的话倒是提醒了我，是啊，有人说，人生步入花甲，进入退休时光，思想自由，时间自由，不能说实现了财富自由，至少已经衣食无忧，就像是步入了人生的驿站，何不利用这段清闲的时光，出去会会文朋诗友，做一番人生第二春的寻觅呢？

于是，一个远行的规划沁入我的心海空间。广东，是祖国的南大门，是我们国家改革开放的前沿阵地，也是一个文学烈焰万般闪烁的世界。来一段说走就走的旅行吧，开启"南方之行，文学之旅"的征程。家人也很是赞成我的想法。然而，哪里能作为我此行的第一站呢？应该说非广州市莫属，可是我想，要是把广州作为首站，那么，韶关、清远就只能作为返程的路线，这不就是逆南方而行之吗？于是，我把韶关作为了这次"南方之行，文学之旅"的首站。

当然，把韶关作为我这次南行的第一站，也是有些考虑的，韶关曾一度属衡州府管辖，衡阳与韶关是一家人；早在2015年，我曾带一班人去韶关考察，韶关市委政研室、市委改革办的领导和同志们曾给我们以热情的接待，给我留下了极为深刻的印象；我还有几个亲戚，在韶关市郊办了几个养殖场，韶关给了他们太多的呵护与庇荫；最为关键的是，韶关有一份著名的文学刊物《南叶》杂志，还在20世纪80年代，我就在书报摊上买过这本杂志，那上面的中短篇小说，曾给我文学的熏陶和滋养。我在网上查了一下，在纸质文学刊物普遍陷入低迷的今天，《南叶》杂志却仍然像一面飘扬的旗帜，引领着当地文学事业的翻腾。正因为这一关键性的缘由，我把《南叶》杂志社作为我"南方之行，文学之旅"的首选目标。

那天清晨，沐浴着东方泛白的光芒，我打起背包，登上了南行的高铁。高铁在起伏的山峦和广袤的田畴间奔驰，不到一个小时，就准时到达韶关北站。我在韶关开养殖场的侄儿早就在出站口等待我的到来。登上他的小车，侄儿意欲将我带到他们家附近的酒店安顿，我说："直接把我送到《韶关日报》社吧。"虽然侄儿万般不愿，但还是抵不住我的坚持，不到 20 分钟，侄儿就把我送到了《韶关日报》社的门口。

这是一栋普通的城市建筑，坐落在一个并不显眼的街道里，外表看起来确实还显得有些经久的沧桑。然而，当我踏进办公楼，看到这里摆放的物件竟是那样的整洁，办公楼的每个人员都在忙碌着，一丝不苟地伏案做着他们手头的工作。

《南叶》编辑部在办公楼的二楼，没想到，这样一份走过了四十年风雨，在全国都有不少名气的文学刊物，他们的编辑部竟是寄放在《韶关日报》社的一间办公室里，这间办公室虽说大概也有二十多平方米，却坐着四五个报社的编辑，我们大名鼎鼎的《南叶》主编李小红老师，竟然就坐在这间办公室的一隅。

当我踏进这间办公室，李小红老师热情地站了起来。我做了自我介绍，并简单地说明了来意。李老师立马伸出双手与我握手，连连欣喜地说道："欢迎您！欢迎您的到来！"在她给我倒茶的瞬间，我观察了一下这位大主编，一身深色朴素的衣着，脸上保持着矜持和沉稳，似乎是一个不善健谈的文人。但当我与她聊起文学，聊起写作的时候，她却侃侃而谈，我们还聊到了工作，聊到了子女的教育。她送给我两本《南叶》杂志，对我说："欢迎您给我们投稿。"随后，她又把我带到《韶关日报》社社长、《南叶》杂志社总编辑刘新辉老师的办公室，没想到我们的"大社长"竟是那样的笑容可掬、和蔼可亲，当我踏进他的门槛，他就热情地迎了上来，满脸灿烂地表示他的盛情和欢迎。我就像遇到亲人一样，倾诉了退居二线并即将面临退休的困惑和彷徨，刘社长像一位慈祥的长者，语重心长地对我说："回到文学的队伍里来吧，这里有我们青少年时代的梦想，更有我们来路的归程。《南叶》杂志虽然以培养扶持本地作者为己任，但我们也向所有的文学追梦人敞开它的大门。"刘社长的笑容和话语，如同一缕阳光，射入我的心灵，一下子驱除了我心中的阴霾。沉浸在刘社长和李主编的微笑中，我觉得它就是藏在我心底的那缕阳光，它是那样神奇，刹那间便姹紫嫣红、欣然绽放。

最后，我们合影留念，刘社长执意将我推到中间的位置，说出那毋庸置疑的理由："您是客人，理应站中间。"因为我已约好朋友清远接站，畅谈两个多小时后，我们只有在朗朗的笑声中依依不舍地挥手告别。

三天之后，当我结束"南方之行，文学之旅"的行程，带着一路上文朋诗友的嘱托，带着满满的感悟和启迪回到衡阳，我便以极大的热情投入文学创作之中，不几天，就写出了退居二线后的第一个短篇小说《村庄纪事》，写完就投给了《南叶》杂志。李小红主编收到我的来稿，立即给我回复"来稿已留用，请勿寄他刊。"随后，李主编又几次通过信息与我商量小说标题的修改。不久，《村庄纪事》这篇小说就赫然登上了2024年第一期的《南叶》杂志。

退居二线首篇作品的发表，不仅让我找回了文学创作的信心，更给了我文学创作的激情。在短短半年多时间里，远离文学创作二十多年的我，就创作了《灵魂迹象》《花样盛开》《乡土脊梁》《将爱束之高阁》等小说和散文，在《人民日报》大地文学副刊发表了散文《快递进村》，在全国中文核心期刊《芙蓉》杂志发表了13000多字的短篇小说《静心殿》，更让我感到自豪的是，步入花甲之年，湖南省作家协会接纳我为会员，让我又重新回到了文学的怀抱，感受到了文学之家的温馨和愉悦。

"月有阴晴圆缺，人有旦夕祸福，此事古难全。"随着年龄的增长，衰老、病痛、孤独，将日益成为我们生活中不期而至的常客。但是，即使衰老，也要雍容华贵；即使病痛，也要淡泊从容；即使孤独，也要内心丰盈。是的，写作不可能让我们成为第二个鲁迅、巴金，正如我们养生，不可能让我们长命百岁、幸福绵长，这只是构筑在空中楼阁中的一句良好的祝愿，但纵然有一千条理由，让我们不可能成就心中的期待，但是没有一条理由，让我们轻言放弃，而去辜负生命，荒废岁月，愧对暖阳。

文学曾是我们的一个梦想，人生犹如梦境，生命存在一天，就要把这个梦做完。无论前方是富饶的家园，还是贫瘠的沙土，写作就是我们一个享受的过程，简简单单一个人，一支笔，一张纸，创造一方属于我们的梦幻世界。当和煦的阳光在我们的头顶照耀，所有春天盎然生长的万物，都会用自己独特的方式，用尽全部的热情和智慧，谱写出一曲流年的颂歌。

刊发于 2024 年第 5 期《南叶》杂志

凄美而深沉的吟唱

我不懂诗，也极少写诗，周晓凤出版诗集《凤凰于飞》，让我为她作序，实属班门弄斧，贻笑方家。然晓凤的爱人段元德先生，曾是我的直接领导、入党介绍人，他三番五次嘱我写上几句，我也就只好赶鸭子上架，信口涂鸦、滥竽充数了。

晓凤和我是同乡，我们都是 20 世纪 80 年代的文学愤青，还在大学读书期间，她就是文学社团的骨干分子，写过大量的诗歌。大学毕业以后，她被分配在市里的一所中学任教，从一般教师成长为学校的教学骨干、年纪语文教研组长、中学语文高级教师。这期间，她也写过诗歌、小说和影视剧本。那时候，我们经常在一起谈文学、谈人生，也在一起唱歌娱乐。我们两家人逢年过节或是过生日，也经常围拢一桌聚餐聚会。我还曾被她邀请到她们学校做过"文学与人生"的所谓讲座，讲稿刊登在她主编的文学社团刊物《凤凰》杂志上。

令人扼腕的是，后来晓凤得了一种生理疾病，长沙湘雅住院回来，又患上抑郁症，在医院里一待就是五年之久。病痛恰是一场无情的严霜啊，将一个曾经活泼开朗、美丽优雅的俊俏女子，折磨得两鬓斑白，满脸憔悴，真的是霜打模样。这几年，她几乎不与外界接触，整天躺在病床上，我们去看她，连一句交流的语言都不曾有过，看着她的这种状态，我们真的是恍若隔世，唏嘘不已。

然而，就是在这种凄凄惨惨的病痛折磨中，她却始终惦记着文学，心心念念她心中的缪斯。她让元德兄找到我，要我一定联系一家出版社，将她的诗歌结集出版。我通过四处联系，得到长江文艺出版社陈彦玲老师的帮助，终于得以申报选题并审核通过。真感谢上天为晓凤选择了一位情深意笃的好丈夫，在晓凤卧床住院期间，元德兄几年如一日，送水送饭，细心照料。在她诗集的出版过程中，他认真收集整理，逐字逐句几番校对，终于让这本诗集得以顺利付梓。

我虽不懂诗，但曾听过毕飞宇老师说过这样的话，写小说的人每天读一首诗，可以锤炼你的语言，丰富你的意境，大意如此吧。所以，我也不时地读一些诗，当然只能说是对诗歌大致有些了解。那么具体说到晓凤的诗，可以这么说，无论是感情、语言，还是意境，都给人以唯美清新灵动的印象。《凤凰于飞》分四个章节收录了晓凤写的 71 首诗，每个章节都自成体系，各具内涵和特色。

爱情是文学永恒的主题，它就像是飘落的雪花，一处银装素裹的美景，令古今中外无数的诗人们为此吟唱。作为一位女性诗人，晓凤的诗，爱情诗自然是她萦绕于凡尘的笙歌。放在诗集头条的《凤凰于飞》，既是这一首诗的标题，也被用作整本诗集的书名，我想这对于诗人来说是有其深刻的用意的。晓凤曾经有过一段失败的婚姻，《凤凰于飞》这首诗正是用诗的语言和意境，记录了这段爱情从芬芳到凋敝的心路历程。

不是凡鸟/我是一只美丽的凤凰眼似秋水/从盈盈千古图腾中翾翾而来/翅膀在蓝天中执着翱翔/只为寻找属于我的那棵梧桐树。这是一位美丽的少女对于爱的原始期待，纯粹、浪漫而真挚。

爱如潮水/铺天盖地而来/淹没了饥饿的沙滩/圆圆的绿覆荫着我/馥郁的芳香沐浴着甜蜜的梦境/纯净的叫声如夏日般灿烂/葳蕤的叶子印满了无尘之爱/生命正蓬勃的生长/成为佛手中那朵盛开的莲花。爱翩翩走来，明艳而炽热，面对着汹涌而来的爱意，纯洁而透亮的女子，怎能不坠入这爱的河流。

但我的坚贞促使我/宛如墙上的那只蚊子/扑向你/却满身是血/心迸裂绵绵的苦痛/但我的歌/仍坚守最初的誓约/风中雨中/不肯离去。是啊，当无情的变故当头一击，却仍然深信爱的美好，深信世界的善良与纯真。

人们已习惯阴霾的天空/没有太阳的日子/我好冷/ 好冷/凄厉的叫声撕破了天空/依然唤不醒浮生一点节操/这苦海何处是岸/于是/我引火自焚/在熊熊的烈焰中/涅槃。诗人顾城说，黑夜给了我黑色的眼睛，我却用它去寻找光明。残酷终于给我残酷的警醒，我用残酷照亮我的前程。或许/ 许多年后/所有的痛苦会在枝头开满花朵/我的生命会因一千次的不幸/而谛听永恒之鸟纯净的叫声。

读这样的诗，即使纠结，即使惆怅，即使哀怨，也无不给你美的沉醉和愉悦，细腻、婉约、凄美而深沉。也许我们暂时还不能将其定位于经典，但我又不能不跟当下的一些所谓的经典做一番比照，由此倒让我更感受到晓凤写的这些诗的清新与卓越。

诚然，作为一名启迪人类心智的教师，一位凡尘中的母亲、女儿、爱人，她的诗歌，也自然彰显着这种爱，这种责任与担当，有情感的倾泻，也有哲理的纷呈，有的似烈焰喷薄，有的似湖潭清澈。在这里，就不一一枚举。

就在《凤凰于飞》出版之际，晓凤已经从医院回到了家里，精神状态也大有好转，最为可喜的是，她已经开始重新建立与人的语言的交流。这或许就是这本诗集的出版给她带来的福音吧，这就是诗歌的力量，更是文学的力量。我们真诚地期待，晓凤能够回到我们大家的身边，回到文学的怀抱，这才是《凤凰于飞》出版的真正价值和意义。

写下这些感悟，权且为序吧。

本文系为诗集《凤凰于飞》所作的序，刊发于2024年9月9日《衡阳晚报》"文艺评论"副刊

抒爱乡爱民情怀 作道德楷模文章
——读《为文一地立论一方》有感

我市杂文界前辈、衡阳日报社资深记者李升平先生所著《为文一地立论一方——李升平乡土杂文创作文选（上、下卷）》，日前由湖南人民出版社出版。作为我国杂文新品种——乡土杂文的第一本专门集子，该书选编了李升平先生20世纪50年代以来创作的300多篇乡土杂文作品以及杂文创作理论文章，洋洋60万言，浩繁工程，现已出版，可喜可贺！书中所选内容鲜活生动，蕴含深刻，脉络清晰，较好地表现了李升平先生立足本乡本土，加强舆论监督，推动反腐倡廉建设的爱乡爱民情怀，堪称反腐力作，道德文章。

这是一幅具有鲜明地方特色的反腐历史画卷

反腐倡廉是党执政兴国的永恒主题，风清气正是人民群众永远的期盼。李升平自走进新闻记者队伍行列，就始终以杂文这支匕首，紧随时代前行的脚步，把握时代跳动的脉搏，对本地人民群众反映强烈的党风政风问题，真枪实弹，予以无情的披露与鞭挞。20世纪50年代，面对当时刚刚抬头的"左"倾与冒进，年轻的李升平就此写作了《重视和搞好工厂安全卫生工作》《小厂切莫"大厂"化》《走马观花》《盲目突击不是完成计划的正当途径》等杂文作品，对此进行了切中时弊的抨击。70年代末80年代初，因一篇《为牢骚说几句话》而被打成右派、搁笔20余年的李升平重返记者队伍，激情澎湃，文思泉涌，先后创作了《破"左"必破私》《"翻案文章"做完了吗?》《有错必纠》等一大批关于落实党的政策、消除极"左"影响、加强领导班子建设的杂文力作。80年代中期以来，伴随着中国改革开放的历史进程，李升平的杂文创作也步入鼎盛时期，他始终站在时代的潮头，把杂文创作的触角伸向了衡阳改革开放的各个领域，先后在《衡阳日报》开辟"衡阳论坛""雁城时论""街谈巷议"等专栏，发表了《上梁不正下梁歪》《监督与反监督的较量》《特殊人物偏要查》《"拉大旗作画皮"》等系列杂文作品，对以权谋私、压制人才、干部作风、加重农民负担等腐败现象和腐败分子给予猛烈的抨击。进入新的世纪，随着人们物质生活水平的提高、民主法治意识的觉醒，李升平的杂文创作则更多地关注于民生的改善和民权的维护，《关键在官》《赞拍案而起》《人命还关天吗?》《城管人性化执法势在必行》《优化公正执法软环境》等作品就是这一主题的集中体现。

纵览《为文一地立论一方》300余篇杂文作品，蕴含丰富，思想深刻，尽管题材内容有些杂，但总体上自成体系，形成脉络，展现在我们眼前的是一幅具有鲜明地方特色的反腐历史画卷，它既是李升平先生50多年杂文创作心血的结晶，也是中国特色、衡阳特点50多年反腐倡廉建设理论与实践的生动写照，具有重要的文献价值和理论研究价值。

这是一部具有鲜明爱憎特色的政治宣言

作为一名党报记者、杂文作家，李升平时刻以坚强的党性约束自己，赞成什么，反对什么，爱憎分明，是其杂文作品最为突出的特色，也是其杂文创作最为可贵的品质。透过《为文一地立论一方》的字里行间，我们分明感觉这是一部庄严的政治宣言：彰显对党和人民的无限忠诚，展示对腐败和腐败分子极端的仇恨。二者互为因果，融为一体，相得益彰。

李升平早年投身革命，虽蒙冤不白，却痴心不改，矢志不移，坚定对党的挚诚和对人民的挚爱。在《杂文普及与乡土杂文》《为文一地立论一方》《普及杂文，更好地为建设有中国特色的社会主义服务》等诸多杂文创作论文中，李升平反复强调，自己一贯奉行"三跟""三贴近""吃透两头"的杂文创作原则，即：跟中央精神更紧些，跟生活实际更近些，跟读者群众更亲些；贴近实际，贴近生活，贴近群众；吃透上头的方针政策，吃透下头的实际情况。坚持真理，"为党代言"，"为民代言"，指名道姓，真枪实弹，短兵相接，无私无畏。这种杂文创作理念，不仅表现于全书的杂文作品中，更体现在杂文创作的具体实践，体现在杂文创作的具体过程和细节。为了让一位遭遇权势报复的优秀厂长陈永廉平反，李升平进行了长达6年不懈的斗争，先后10次深入实地调查，乘的是颠簸的公车，住的是低廉的旅馆，吃的是街头粗淡的茶饭，甚至还要忍受当权者黑哨的跟踪，机关小干事推搡的羞辱，秉笔直书，写下了20多篇40多万字的文稿，终于使蒙下不白之冤的优秀厂长平反昭雪官复原职。为了减轻农民负担，李升平三下衡南县清亭村，走村串户，与农民兄弟同吃同住同劳动，掌握了大量第一手材料，写就《监督与反监督的较量——三下清亭抓减负有感》，最终引起有关部门的高度重视，使农民负担问题得以解决。正是凭着杂文家的责任与良知，李升平以杂文为武器，鞭笞腐恶，匡扶正义，赢得了党和人民的高度赞誉，他被人民誉为"社会脊梁""党风记者""反腐斗士"。《为文一地立论一方》，不仅可以作为广大党政干部进行党性教育的政治读本，还可以作为大中专院校政治课程的选修教材，实乃众望所归。

这是一部具有鲜明艺术特色的精品力作

一部思想内容积极健康的作品要能深入人心，还必须依赖于强烈的艺术感染力。《为文一地立论一方》就是这样一部具有鲜明艺术特色的精品力作，其文风简洁精悍，语言生动活泼，透露出深厚的文化底蕴和个性化的人生体悟，是一部可读性、启示性很强的政治文化精品。

第一，李升平全国首创"乡土杂文"。他把这种文体模式区别于乡土文学撰写农村题材，也不是作为一个流派而是作为杂文创作的一个层次，其特点是背靠中央，立足地方，面向基层，以本地传媒为阵地，发挥着独特的舆论导向和舆论监督功能。李升平的这一杂文理论创新，获得全国杂文界同仁的一致认同和接受。第二，李升平杂文文风朴实精悍，雅俗共赏，既有"俗人"追求的"雅"，也有"雅人"追求的"俗"，能让读者普遍地引起心灵的共鸣。即使像新闻体杂文《错案内幕片段揭秘》这样的长篇作品，也以曲折离奇的情节、鲜活跳动的语言，点名道姓，旁敲侧击，夹叙夹议，令读者爱不释手，不忍弃读。第三是引经据典，彰显了个性特质。随手翻开《为文一地立论一方》中的杂文作品，可以看到李升平的知识阅历十分丰富，中国四大名著中的经典故事、历代文人雅士的格言警句，他信手拈来，运用恰到好处。第四是语言生动凝练，说自己的话，坚持自己的个性风格，不落俗套，自然随意，娓娓道来。尤其能恰如其分地运用本地群众语言，拉近了与群众的距离。如有篇《哄死人子过街》的文章，本是一句俗语，意为弄虚作假，搞形式主义，李升平用作文章的标题，批评城市改造中偷工减料的做派，使得严肃而枯燥的政治议题顿时趣味盎然，耐人寻味。这篇杂文很快引起群众的强烈反响和有关部门的高度重视。在《如此保安全的高招》一文中，作者引用群众喜闻乐见的顺口溜结尾，更使文章趣味丛生、感染力倍增。第五是很多篇目同时融入作者自身透彻的人生感悟，增添了内容的真情实感，其中不乏醒世良言、警世箴言，读后令人铭记难忘。比如在《且慢"亨哈自得"》中写道："看问题恐怕还是要'风物长宜放眼量'的好，即使是'又疏又漏'的'天网'，年年月月也总是要网住些'老虎'或'苍蝇'的，你就有把握'在劫可逃'吗?"在《廉政是最好的投资环境》一文中写道："只要当官的不贪，管事的不卡，就常有'桃花源里好耕田'的美妙享受。"总之，在《为文一地 立论一方》一书中，这些饱含人生哲理和智慧的真心话比比皆是，这无疑进一步提升了本书内容的感染力，增添了本书的可读性、趣味性和精神启迪性。

本文系作者在李升平杂文著作《为文一地立论一方》研讨会上的发言，刊发于 2009 年第 1 期《衡阳社会科学》杂志，2009 年 10 月 8 日《杂文与生活》报

走进乡村　感悟和谐

　　假如让我们选择，现代汉语中，哪个词汇更能表达对于一种社会形态的最佳描述，我想，除了"和谐"，恐怕再也没有另外一个更好的词语，能够反映我真实的心愿。正因为如此，当"构建和谐社会"这一铿锵有力的声音响彻寰宇，我们怎不为之振奋！相信这声音也令每一个中国人欢欣鼓舞，意气风发。

　　聚焦现实社会和时代，在美妙的交响曲中，确实还跳动着不和谐的音符；在昂然前行的征途上，确实还存在着诸多的矛盾和问题。农村、农业、农民问题，就是当前中国最大的不和谐，也是我们在构建和谐社会中不可回避的矛盾和问题。试想，6个农民的消费只相当于1个城市居民的消费，豪华气派的办公大楼与低矮破旧的住房，纵横千万里的高速公路与坑坑洼洼、泥泞不堪的乡村小道，70%的农村中小学生与30%的教育投入，不夜城的灯火辉煌、霓虹闪烁与农村昂贵电价下的供电极不正常，还有30%~50%的农村家庭因病返贫、因病致贫，数千万农民工付出艰辛的劳动却为得到微薄的报酬而疲于奔命等等，诸如此类巨大反差现象的存在，我们岂能妄称和谐。

　　所以我们坦言，构建和谐社会，重点在农村，难点也在农村，农村经济能否发展，农民利益能否实现，农村社会能否稳定，将直接影响我们建设和谐社会目标的实现。从一定意义上说，没有农村的稳定和发展，就不可能有整个社会的稳定和发展，没有农村的全面小康，就不可能有全面小康社会，没有农村的和谐，就不可能有城市的和谐，就不可能有中国的和谐。

衡阳，是我们工作和生活的地方，我们对这片土地爱得深沉，我们无意掀开它的伤疤。况且，类似于衡阳农村的问题，在当今中国农村普遍存在，我们只是希望，透过衡阳这一滴水而见到全国的太阳；通过对衡阳农村的重点解剖，透析整个中国农村现状，从而挖掘出闪光的金子，寻求解决"三农"问题、构建农村和谐社会的良策，实现中国农村的奋起与振兴。

1963 年 8 月 28 日，美国政治活动家马丁·路德·金在华盛顿林肯纪念厅就种族歧视问题作过一次著名的演讲，他在演讲中说："朋友们，今天，我要对你们说，尽管眼下困难重重，但我仍然怀有一个梦……"

"我梦想有一天，这个国家将会奋起，实现其立国信条的真谛……"

"我梦想有一天，我的四个小女儿将生活在一个不是以皮肤的颜色，而是以品格的优劣作为评判标准的国家里……"

值得庆幸的是，我们的国家，尽管眼下也面临重重困难，但却从来没有被种族歧视所纠缠；与马丁·路德·金当年进行著名演讲的美国不同，中国这样一个国家的立国真谛，就是要让全体人民都过上幸福美满的富裕生活。因此，我们完全有理由相信，无论是城市还是乡村，和谐社会的美妙现实一定会早日实现！

本文系作者 2006 年 2 月为湖南人民出版社出版的学术著作《走进乡村　构建和谐》写的自序

感恩，社会和谐的基石

人之一生，无论成败，都会得到许多人的帮助，享受来自各方面的"恩赐"，父母的养育、老师的教诲、亲人的照顾、领导的关怀、战友的帮助、大自然的恩典、时代的赋予。我们成长的每一步，都有人指点；我们生活的每一天，都有人帮助。正因为这样，我们才渡过一个个难关，一步步走向成功，创造并享受着美好的生活。

生命是相互依存的。人自有生命的那天起，便沉浸在恩惠的海洋里。一日为师，终身为父；滴水之恩，涌泉相报；心存感恩，知足惜福，人与人、人与自然、人与社会才会变得如此的和谐亲切，我们自身也会因此变得愉快和健康。所以说，感恩，是社会和谐的基石；感恩，是人类进步的加速器。心存感恩的人，才能收获更多的人生幸福与快乐，才能摒弃没有意义的怨天尤人，才会朝气蓬勃，豁达睿智，好运常在，远离烦恼。顺风顺水的人，想着逆境奋斗的人；无忧无虑的人，想着拮据窘迫的人。只有充满博爱心、善良心、同情心，才能达到"人人爱我，我爱人人"的美好境界。

正因为感恩于教育过我们的人，感恩于关怀过我们的人，感恩于帮助过我们的人，谭一天编写了《没齿不忘》一书，我也认真地拜读了这本书。这是一个原始资料的汇编，清新质朴的文稿信笺，励志怡情的诗词歌赋，婉转飘逸的书画作品，承载着历史的厚重、时代的沧桑，也演绎着人间的真情、世间的真爱，犹如天籁鸣响，感人肺腑，沁人心脾，真的是让人"没齿不忘"。认真读毕，掩卷沉思，有三点感受。一是感恩的"执着"。一天同志从14岁参加抗日战争，到离休后还在为捐资助学奔走呼号，而今年过八旬，尚思编书励志以策后人，感恩社会，坚如磐石，矢志不渝，李商隐的"春蚕到死丝方尽，蜡炬成灰泪始干"是其真实写照。二是感恩的"赤诚"。一天同志一生坎坷曲折，但对党的赤诚日月可昭，真可谓"一身正气云和月，两袖清风屈与仲"。三是感恩的"博大"，一天同志希冀建立一个"老吾老以及人之老，幼吾幼以及人之幼"的大同世界，怀着"集资助学，造福桑梓，为国育才，振兴中华"的宏愿，始终不忘少年求学得到老师的资助，所以推己及人，把自己的爱撒向家乡的贫寒学子，倡导建立衡东助学基金会，带头捐资两万元，写了2000多封书信，80万字的倡议书，足迹遍布衡东19个乡镇和湖南、湖北、山东、江苏、浙江等省市，凝结了海内外爱国重教者的心声，传播了"希望工程"的先声，达到了实现人生价值的巅峰。

感恩是一种处世哲学，是一种生活态度，是一种优秀品质，是一种道德情操。感恩是生活的大智慧，也是一种歌唱生活的方式，它来自对生活的爱和希望，一个懂得感恩并知恩图报的人，才是天底下最富有的人。一天同志编著《没齿不忘》这本书，立意正在通过铭记老师的恩、珍惜战友的情、感悟亲人的心、集聚百家的缘，来弘扬中华民族感恩的美德，来唤起海内外衡岳人"绿叶对根的情意"，来牵动普天之下"和同为一家"的爱心，特别是启发后代学习先辈群贤自强自立、艰苦创业、肩挑道义、服务社会，帮助他人、报效祖国的感恩情怀。作为一位老同志，我真诚地期待广大读者彻悟编者真意，光大其精神，实践其宗旨，永怀感恩之心，常怀感激之情，原谅那些伤害过自己的人，感恩祖国的养育，感恩大自然的恩赐，感恩食之香甜，感恩衣之温暖，感恩花草虫鱼，感恩苦难逆境，感恩自己的双手。只有这样，世界才会更加美好，社会才会更加和谐。

谨此谭一天同志《没齿不忘》出版之际，应一天同志之嘱，写下些许文字，是为序。

本文系作者为谭一天编著《没齿不忘》一书所做的序，刊发于 2008 年 3 月 8 日《衡阳晚报》

开启成功大门的金钥匙

历史总是在不断地传承中得以延续和发展，2002—2013年，自衡阳市国资委成立，已经走过了整整十年的历程。作为政府部门的新生代管理机构，国资系统历届领导和同仁，精诚团结，开拓创新，奋发有为，谱写了国资监管事业的壮丽篇章。在此前进的过程中，不乏独特新颖、影响深远的经典案例，有了这些典型案例的存在，才推动了国资事业的阔步前行，才炫亮了国资监管这片璀璨的天空。

正是为了挖掘、整理、总结这些典型案例，并以此引领、推动国资事业"百尺竿头，更进一步"，市国资委组织专门班子，在国资事业浩如烟海的发展个案中，筛选了30个最具代表意义的典型案例，邀请在衡各高校、部分市直机关的专家学者，进行专题研讨和剖析。专家学者们不负重托，在国资系统相关科室、行管办、企业的通力配合下，实地走访企业130多家，召开座谈会90多场，发放调查问卷900多份，通过深入细致的了解、认真客观的分析，几经反复的修改，形成正式的案例分析报告。《〈智慧人生书香国资〉案例篇》，就是这些案例分析的成果荟萃。

捧读《〈智慧人生书香国资〉案例篇》一书，流连字里行间那一个个搏动的音符，国资系统干部职工迎难而上、负重奋进、顽强拼搏的动人画卷立时呈现在我的眼前：2010年，后改制时代"靓女先嫁"后企业改制陷入僵局的关键时期，生生不息的国资人解放思想，集思广益，冲破禁区，提出了"两退两进两运营"、"三先三后"的国企改制新思路，由此国企改制、国资增值从"山重水复疑无路"迈向"柳暗花明又一村"的通途，在困境中拓展出一片崭新的天地，《思路决定出路，衡阳调整改制思路促国资运营转型增效》的案例分析，就向我们展示了这一幅转型改制、创新发展的生动画面。推进国企改革、促进国资增效，钱从哪里来？《玩转资本魔方，"弘湘"融资"八年抗战"》的案例分析，不仅给了我们确切的答案，也给我们竖起指路的航标。《对上眼，才有一生缘——汉森制药收购重组南岳制药的启示》《让中国人说"不"，亚新科股权运作》等案例分析，也都从不同侧面、不同角度阐释了加强国资监管、深化国企改革、促进产业发展的生动实践，给我们进一步做好国资监管工作、推进国资事业发展留下许多深刻而有益的启示。逐个读完30个案例分析报告，我感觉到，不仅结构严谨，行文大气，文笔优美，而且资料翔实，内容丰富，寓意深刻。透过这字字珠玑，我不仅为历届国资人生生不息的奋斗精神所感动，更为国资事业未来的发展受到了鼓舞、充满了信心、找到了真谛。

无可讳言，在30个典型案例中，不仅有成功经验的归集，也有深刻教训的总结。但是，任何事物的发展都有其必然的规律可循，历史一脉相承、不可分割，社会发展的每一个进程都必然受到特定环境、特定历史条件的局限，我们不能用现在的眼光看过去，也不能用未来的眼光看现在，国资监管，一路走来，无论国企改制还是企业发展，无论顺风顺水还是艰难曲折，都凝聚了国资人的智慧和汗水，都展示了国资人立足现实、勇于担当的社会责任和开拓创新、负重奋进的拼搏精神，这种超常智慧、责任意识和拼搏精神，是我们推动发展取之不尽的宝贵财富，是我们创造未来用之不竭的动力源泉。推进国资事业的发展，我们只有不断地在历届国资人走过的道路上吸取精华，总结教训，找到开启通向成功大门的金钥匙，才能永保国资事业的繁荣和昌盛。

当前，全市上下正在深入学习贯彻党的十八大和十八届三中全会精神，凝心聚力深化改革，加快推进全面建成小康社会的历史进程。我希望国资系统全体干部职工，要紧随时代进步的铿锵足音，传承国资精神，加大改革力度，提升国资监管水平，促进国资保值增效，努力续写衡阳国资事业发展光辉历史的新篇章。

是为序。

本文系作者为《〈智慧人生书香国资〉案例篇》一书所做的序

人生走向成功的必备读物

　　初读《成功修养》一书，我马上联想到最近参加的一起矛盾纠纷的调解。前不久，某村两农民状告村支书，上访到了省里。村支书急搬救兵，把我叫去参与调解。我当时指出，村里发生这样的上访事件，村干部首先要在自己身上找原因，要么是的确有问题（指经济方面），要么是能力上的欠缺，不善于化解村民矛盾，群众工作没做好。后来我在会上讲到一个观点：加强自身修养。从村支书方面讲，要着力加强党性修养，方法简单粗暴，口气大，"祸从口出"，激发了矛盾。从村民来讲，要加强自身修养，当代农民要有当代农民的素质。当时的矛盾纠风虽然是化解了，但现在回过头来看，就感觉到当时调解语言和方法上的缺陷，要是提前读到《成功修养》一书，我就会讲要加强成功修养，因为成功修养既包括思想品行上的修养，又包括能力水平上的修养，无论是思想意识不纯，方法简单粗暴，协调能力欠缺，都可囊括进去。

　　具体到《成功修养》一书，根据我的理解，在某种意义上说，实际也是一种成功的历练，只是将之描述为"成功修养"，把成功历练提高到了一个更高雅的境界，不仅是人生的目标追求，也是成功的实践过程，更是成功的典范。通读全书，掩卷沉思，给我留下最突出的特色印象有三点：

第一，《成功修养》是一部人生历练的工具书。每一个人走在追求成功的人生道路上，我们无一不可避免地都会遇到绕不过的弯子、解不开的疙瘩，而《成功修养》一书在手，你就可以在此检索到突破的点子、化解的良策。比如当你面临岗位不理想、待遇不公正、关系不和谐等压抑的生活环境的时候，书中会告诉你如何弥补能力的缺陷和不足，不断提升自己的竞争力，从而摆脱环境的困扰。当你作为一名公务员或领导者，而无法施展才华、驾驭全局的时候，《成功修养》会指点你提高领导力，一切都在掌控中；增强执行力，不待扬鞭自奋蹄；激发凝聚力，得人心者得多助；升华战斗力，奋斗才是硬道理。总之，你人生当中的缺漏和疑难，《成功修养》都会给你化解困局，指点迷津，引领卓越。

第二，《成功修养》是一部充满睿智的哲学著作。有位领袖说，哲学贯穿于我们生活的每一个细节。《成功修养》作为一部指点人生追求卓越的书籍，通篇充满着思想的睿智、哲理的光芒。首先，哲理性的语言信手拈来，比如，"时势造就英雄，修养决定成败""青年时期拼搏是感性的闯荡，中年时期的拼搏则是理性的追求"，等等。其次哲理性的故事俯拾皆是，比如讲到"我要改善困难的生活环境"时，就以"一个乞丐在街上晒太阳"的哲理故事来诠释；讲到"我要摆脱压抑的生活环境"时，就拿"楚汉相争"的哲理故事来说明。总揽全书，这样的案例，这样的故事，有的来自著作者身边熟悉的人和事，有的选自古今中外的典故寓言，比比皆是，哲理纷呈，达到了形象与逻辑思维的完美结合，极大地增强了全书的说服力和感染力。

第三，《成功修养》是一部雅俗共赏的文学读物。如果严格区分著作的体裁，《成功修养》无疑是一部学术著作，但这部书却采用学术的观点，运用散文的笔调，文采飞扬，情景交融，寓事说理，借景抒情，情趣盎然，不亚于一部文学著作。每章每节只要稍加修饰，就可独立成篇，堪称美文华章。比如，在"认识成功：实现成功的基石"一章，开篇就是一段精彩的妙文，像"看见他落寞的背影，我茫然了很久。""大学时代，他意气风发，衣着光鲜，星光熠熠；而火车座位上的他，目光呆滞，须发散乱，衣着也很普通。"全书中这样的描写，这样的抒情，随处可见。这无疑增强了著作的感情色彩，强化了可读性，提升了学术品位和艺术价值，不失为一部上乘的学术普及读本。

总而言之，我们有理由相信，《成功修养》是衡阳学术界一部难得的学术著作，也应该成为我们每一个追求成功者的必备读物。当然，并不是说这本书没有瑕疵，个人提出三点建议，供作者参考。一要准确定位。若是定为学术专著，则创新不够，也缺乏一定的思想深度和理论高度。个人建议定为社科普及读物，则有市场潜力，有推广价值，可作为青少年必备读物，作为大中专院校和企业培训教材。个人以为，于丹不能算作一流社科专家，她的学术著作没有多大创新，但在社科普及方面做得不错，市场也做得不错。二要注重严谨。读《成功修养》，有点让人感觉，修养是个筐，什么都可以往里面装，但要装得巧妙，装的天衣无缝，因此，必须特别注意成功与修养的内在联系，做到缜密严谨。三要注意细节。包括遣词造句、谋篇布局等，都要认真斟酌，反复推敲。这些都是最基本的东西，要尽可能做到严谨规范。一家之言，恭请作者和方家赐教。

本文系作者在陈文元新著《成功修养》研讨会上的发言记录

责任成就人生

　　中华民族是勇于承担责任的民族，勇于承担责任是中华民族的传统美德。"天地生人，有一人当有一人之业；人生在世，生一日当尽一日之勤"。作为社会的人，讲责任，体现着生活的价值，支撑着理想的大厦，映照着人性的光辉。逃避责任、坐享其成、虚度光阴，这样的人生，在世界上没有留下一丝痕迹，在社会上没有留下任何价值。勇敢地担负起自己的责任，人生才会充实，生命才有意义。因此说，责任，是每个人都应该具有的最起码的品质；责任，是事业成功的阶梯、生活前进的路标、人生无悔的基石。人类繁衍生息，时代赋予了每个人责任。温家宝总理几天几夜不合眼，奔走在抗震救灾的前沿阵地，因为全国人民生活的幸福安康是他的责任；人民解放军哪里需要就冲向哪里，无怨无悔，是因为保家卫国是他们的责任；而四川德阳市东汽中学教师谭千秋，在地震来临之时张开双臂趴在课桌上，用身体死死地保护着四名学生，学生得救了，他却永远地离开了人世，这又体现了教师的责任。中华民族正是由这些脊梁支撑着，才屹立于世界民族之林。

　　凌奉云同志是衡阳县的民政局局长，之前做过县委政研室主任、县委办常务副主任，其间还抽调搞党建工作。最近，他将自己在过去不同工作岗位撰写的理论文章、调研报告、经验总结、人物通讯等文稿结集成书，取名《无悔人生》。读罢书稿，掩卷沉思，人生何以无悔？人生的真谛是什么？透过《无悔人生》的字里行间，闪射出的是责任的光芒。追求真理，执着事业，尽忠职守，利居众后，责在人先，是志士仁人薪火相传的思想标杆，是华夏子孙生生不息的精神动力。

《无悔人生》开篇栏目"经济纵论"收录了6篇论文，这些论文大都写于作者在县委办工作期间，当时，凌奉云主要负责起草公文和领导讲话稿，经济社会的发展是其高度关注的热点，对此作了深邃的思索与拷问。《实施农村工业小区战略的思考》一文，虽然写于十多年以前，却以敏锐的洞察力，超前提出了工业集聚发展的思路，这对于我们今天推进新型工业化仍然具有深刻的借鉴作用。《努力培养一支高素质的企业家队伍》则从社会主义市场经济和现代企业制度的角度，指出了企业发展的原动力所在；根据衡阳农业大县的客观实际，《农民下海需导航》分析了农民在计划经济向市场经济转轨过程中，诸多不相适应的观念和手段，倡导党员干部应当寻求"瞭望哨""后勤官""经纪人"的角色定位。凌奉云同志运用深邃的经济学原理，对县域经济现象进行深入浅出的分析归纳，既具有理论深度，又具有较强的指导性和操作性，对地方经济的发展发挥了积极的推动作用，充分展示了一位文秘工作者的社会良知和责任感。正因为如此，在湖南省首届文秘人员评选活动中，凌奉云获得"全省十佳秘书工作者"的殊荣。实乃江流汇海，众望所归。

要说凌奉云在文秘工作的岗位上，更多的是关注经济社会的发展，在被抽调县委组织部协管党建工作后，受新的责任的驱使，其洞察社会的视角则更多的定位于党的组织建设和队伍建设。在此期间，他结合自身的工作实际，先后撰写了《关于加强新时期农村党组织建设的哲学思考》《走出民主评议党员领导干部的认识误区》《用唯物辩证法指导农村基层组织建设》等文章。在这些文章中，作者以深深的忧患意识和责任意识，运用唯物辩证法的哲学手段，对党的基层组织和干部队伍现状进行了认真的剖析，探求了加强党的组织建设和干部队伍建设的有效举措。这些举措，无论是过去、现在还是将来，都具有十分重要的指导意义和参考价值。

　　英国王子查尔斯曾经说过："在这个世界上有很多你不得不去做的事，那就是责任。"责任不是一个甜美的字眼，它仅有的只是岩石般的冷峻。凌奉云作为一个基层领导干部，这种冷峻的责任亦常常不知不觉地落在他的肩膀上。2006年4月，县委一纸调令让他出任民政局局长。此时正值衡阳县民政局因"婴儿事件"而陷入低谷之时。受命于危难之中，凌奉云肩扛责任的大旗，沉着、冷静地收拾着这种涣散的局面。加强思想教育，严肃工作纪律，规范行政行为，开展文明创建，改善办公条件，局风初步改进。随之使出各种举措：认真做好思想工作，妥善处理盲人恶性上访事件；增资扩编，精简冗员，改善福利院的办院条件，规范弃婴收养，杜绝违规操作；筹资兴建"夕阳楼"，创建老年公寓，开展有偿休养，增加院营业收入；创办福利工厂，安排伤残军人和残疾人就业，缓解了残疾人特别是伤残军人上访这一影响社会稳定的老大难问题；构建救助平台，整合救助资源，全面建立起城乡社会救助体系；改造光荣院，让曾经为中国革命和建设作出贡献的老同志、军烈属老有所养、老有所乐；经常开展走访慰问活动，让党的温暖和政府的关怀深入人心；调整社区布局，整合社区资源，增加社区经费，创建社区服务中心，扩大社区服务面。凡此种种，衡阳县民政局声名鹊起，让人刮目相看。就是在这种繁忙的工作中，凌奉云同时用头脑与笔的完美结合，指导民政工作，他先后写下了《城乡社会救助体系新机制探寻》《履行民政职责，构建和谐衡阳》等理论文章，对市场经济新的历史条件下如何做好民政工作，进行了深入的思考和有益的探索。这些文章有的被上级机关刊物发表，有的在相关会议上散发，在民政队伍和基层群众中引起了强烈的反响。

作为一名基层领导干部，如何提高自身的领导艺术，让单个的责任意识变成群体的责任意识，也始终是凌奉云探询和思考的课题。收入《无悔人生》"从政随感"中的6篇文章，就是这种探询和思考心血的结晶。《正职领导如何扮演双重角色》一文，把正职领导定位于"主角"和"导演"，并就处理好"导演"与"演员"的关系进行深刻的阐述。对领导如何处理与下属的关系，作者在《领导者要讲究与下属相处艺术》中坦言，要"信任而不放任，爱护而不庇护，通气而不赌气"，所以这些从实践中总结出来的真知灼见，对我们每一个领导者都应该具有深刻的启示作用。

凌奉云同志在改革开放的浪潮中成长，汹涌而来的时代变迁不能不让他心潮澎湃，豪情满怀。他拿起了手中的笔，尽情地采撷与咏唱。《无悔人生》"经验采撷"中的《唱好乡情曲，演活兴县戏》《巧作田园诗，妙绘山水画》等7篇文章，既是一个地域时代变迁的成功总结，也可以成为文秘工作者初学入门的范本。"时代唱晚"则直抒胸臆，或讴歌地域地貌的深刻变化，如《盘龙小区记》；或赞扬时代弄潮的单个及群体形象，如《蒸水横流更显英雄本色》《弄潮粮海竞风流》；或鞭挞社会的阴暗与丑恶，如《羞涩求子路》。这些文章既具有一定的新闻价值，也具有一定的艺术特色；既是三十多年历史的回顾，也是中国改革开放时代的缩影。

《无悔人生》还开辟"讲话集萃"和"鸿雁飞歌",大都是将作者的一些即席讲话和致辞以及给友人同事的书信收入,文采与激情飞扬,幽默与诙谐并存,读后均能给人以情绪涌动、耳目一新之感觉。

凌奉云同志将自己不同从政历程中所撰写的文章结集成书,无疑是一件非常有意义的事情。读了这本书,我们不仅看到一位基层领导干部不悔的人生历程,也深切地感受到我们的基层干部对国家、对社会、对人民所承担的沉甸甸的责任,以及这份责任所支撑的不悔的人生。

顾炎武先生说过,"天下兴亡,匹夫有责"。责任,是每一个作为社会的人应有的价值观,是否履行责任是一个人能否立足于社会的重要标志;责任更是一种信念,一种执着于真理的信念。一个有责任感的人,从容而不浮躁,充实而不空虚,真诚而不虚荣。敬业才能成就事业,尽责才能赢得尊严,坚守责任才能铸就永不言悔的人生!

让尽责任托起我们的事业,让负责任温暖我们的生活,这是我们现代化建设之伟力,是我们民族振兴之幸事。愿我们所有的人都把责任之心携带在人生的道路上,让人生永远散发出淡淡的金子般的光辉。只有这样,和谐社会的曙光才会朗照我们的世界。

应凌奉云同志之约,在《无悔人生》付梓出版之际,写下上述文字,权为序。

本文系为凌奉云所著《无悔人生》一书所做的序,刊发于2008 年 11 月 30 日《衡阳日报》

茶改变生活

非常高兴参加"茶与文学论坛"。在座的都是衡阳市文学界的精英，我只能算是个文学的爱好者、旁观者。过去对文学也曾有过疯狂的爱好和追求，1982 年加入衡阳市作协，在《青年作家》《湖南文学》《微型小说选刊》等文学刊物和《中国青年报》《法制日报》等报的副刊发表过小说、散文、诗歌、报告文学等。这些年来，由于主要精力从事机关文字工作，也就慢慢疏远了文学，但文学情愫仍然萦绕于怀。

今天的话题主要是论茶、谈茶文化。说到茶和茶文化，虽然我没有太多的了解和研究，论及茶事，应该说还是与茶有缘，感触也很深，甚至可以说茶影响并改变着我的生活。

茶让我神清气爽，文思泉涌。俗话说：文章写不通，全靠烟来熏。但对我来说，文章可是靠茶醒出来的。从年轻时开始，我就有个写作饮茶的习惯，我不抽烟、不喝酒，偶尔抽抽喝喝也是为了应酬，做做样子，主要是喝点茶。特别是遇上紧急材料任务，总是叫夫人给泡上一杯浓茶，适当加点糖。记得多年以前读过一篇介绍红酿茶制作方法的文章，浓茶加上糖就是其基本制作方法，一直效仿下来。而且喝茶基本是关起门来在书房喝，两杯浓茶喝下去，立马神清气爽，文思泉涌，文章一气呵成。当然，写些机关应景的文字，都不需要茶来作清醒剂的。但大凡上点档次、有些品味的文字，都是依赖这种茶的镇定与清醒写出来的。

茶让我慎微慎独，廉洁从政。当下社会，心浮气躁，物欲横流。特别是在政界商界，追名逐利，你争我斗，难得安宁。敝人虽然不是什么官员，但毕竟身在官场，难免不受到这种浮华风气的浸染。那么，在这种特殊的情势下，解决的最好办法就是饮茶。饮茶让我慎微慎独，抛弃名利，分享安宁；饮茶让我回味过去的艰辛，珍惜现在的美好；饮茶让我冷眼观世态，清醒看官场；饮茶让我镇定思考，积蓄力量，再搏人生。

茶文化融入我研究的课题。我是市纪委、市监察学会的特约理论研究员，至今当了 8 年，每年基本上都写作一篇以上关于反腐倡廉方面的论文。2007 年，受一些宴请场面的启示，我写作了《中国酒文化与廉洁文化比较研究》一文，这篇文章在人民日报的《人民论坛》杂志和《廉政论坛》杂志发表。后来我又发现，大凡中国传统文化都对廉洁文化有着千丝万缕的影响，这样我就有个想法，准备做一部《中国传统文化与廉洁文化比较研究》的专著。其中包括中国饮食文化与廉洁文化、咏物文化与廉洁文化、服饰文化与廉洁文化、娱乐文化与廉洁文化等若干章节。在饮食文化与廉洁文化中，就包含茶文化与廉洁文化。无论是物质层面还是精神层面，中国酒文化与茶文化有着太多的共同之处和不同之处。共同之处是：几近产生于相同的时代，均为劳动人民的手工工艺制品，都属于人文关怀的物质载体，都蕴含着秩序、礼节的文化象征意义。记得多年以前读过一篇小品，讲的是苏东坡到某寺宇游览，开始寺主并不知道来的是大名鼎鼎的苏东坡，就让"坐"，上"茶"；随后觉得来客谈吐不凡，就让

"请坐""敬茶";最后获知是苏东坡,便让"请上坐""敬香茶"。苏东坡离寺,寺主请其留下墨宝,苏东坡挥笔写就一副对联:"坐,请坐,请上坐;茶,敬茶,敬香茶"。这虽然表达的是苏东坡对寺主的讽喻,却也蕴含着茶的礼节、秩序这一文化象征。

茶与酒、茶文化与酒文化虽然有着相同之处,但更多的又是不同之处,茶象征清廉、清高、节俭,诸如"粗茶淡饭""茶不进饭不思"等民间俚语,既说明茶与人们的生活息息相关,也表达着茶所蕴含的文化象征。酒则象征情义、率真、风骨、豪情等,这些我们大可从古代文人的一些诗词歌赋中加以领略,诸如"把酒临风""对酒当歌""酒逢知己""煮酒论英雄""酒壮胆""酒后吐真言"等。但酒文化与茶文化比较,不同之处更多的表现在于负面象征,茶文化基本上没有什么负面象征意义,要有的话,恐怕就是与清廉清高节俭有点相关联的"清谈",空谈误国呀。而酒文化呢,负面象征甚至多于正面象征,主要表现为奢侈、贿赂、滥情等,诸如"朱门酒肉臭,路有冻死骨""世道难行金作马,愁城难破酒为军""沉溺酒色"等,都是对酒的负面象征的描述。酒文化成了拉关系的潜规则、铺张浪费的代名词、滥权作为的撒手锏、腐化堕落的催化剂。但无论茶文化还是酒文化,无论正面还是负面象征,并不在于茶与酒的本身,关键在于人类自身和生存环境的变化。

总之,茶文化是一种雅文化,其品味应该高于酒文化。自茶与茶文化的产生与形成以来,它一直在影响和改变着人们的生活。当今时代,茶与茶文化在提高人文素质,促进经济发展,构建和谐社会中都发挥着不可估量的作用。个人的生活只是社会生

活的印证。期待中国茶叶产业不断发展壮大，中国优秀茶文化不
断发扬光大。

根据作者在衡阳市"茶与文学论坛"上的发言整理

掬一捧清泉，
浇灌《老年人》这棵大树

从《湖南老年》到《老年人》，这份杂志一直都是我的挚爱。还在 20 世纪八九十年代，我就在这份刊物上发表过《童真世界》《人生八十最风流》《让老人留住健康》《吴松茂和他的自学书屋》等文章。去年退居二线，岳麓书社约我创作《夏明翰一家五英烈》一书，我将其中一节《夏明翰一家何以走出五名英烈》首发于《老年人》杂志 2024 年第 5 期。在当下如林的报刊中，我为何对《老年人》情有独钟呢？这固然跟我个人的阅读兴趣有关，再就是这个杂志发表过我的文章，能发自己文章的杂志，我想哪个作者都会喜欢这本杂志。但我觉得最根本的缘由还不在这些，关键的缘由在于这份杂志所具有的特质和魅力深深吸引了我。具体来说有"四性"吧：

权威性。作为我省唯一一份面向老年人群体的杂志，《老年人》始终如一地坚守了党的老龄工作理念，发挥了党在老龄工作领域的喉舌作用。杂志上《特稿》《社会纪实》等栏目的设置，就是对这种权威性的最现实的回应和解读，这不仅能让我们退下来的老同志了解国家和我省老年事业发展的动态，更能让我们及时掌握国家关于老年工作的方针政策，让自己的老年生活更有保障、更有价值和意义。另外，像《文史长廊》《养生保健》等栏目的文章，大都来自文史研究专家或医疗领域具有副主任以上职称医生的发声，都具有一定的权威性，且具有较高的实用价值，这在很大程度上增强了刊物的可信度，赢得了广大读者的信赖。

可读性。《老年人》杂志，设置了《人生大观》《家庭风景》《休闲广场》《情感故事》等栏目，每期都用大量版面，刊发"老年人写，写老年人"的回忆录、散文、随笔，融文学性、故事性、知识性、趣味性于一体，文采飞扬，哲理纷呈，具有很强的可读性，既让人享受到情感的愉悦，如沐春风，心旷神怡；更让人感受到人生的哲理，意味深长，深受启迪。比如，在 2024 年第 7 期《老年人》杂志上，我读到一篇《抬着船料署夜狂奔》的叙事散文，作者通过描述 20 世纪 70 年代自己率领群众克服艰难险阻运送船料的故事，歌颂了劳动人民坚韧不拔、勇毅前行的奋斗精神，对于当代人投身中国式现代化建设、创造属于我们这一代人的历史荣光具有重要的激励作用。作品感情真挚，文风朴实，语言生动，尤其是夜走峭壁、脱衣拧汗等细节描写，形象逼真，妙趣横生，让人忍俊不禁，过目不忘。

针对性。办刊几十年，《老年人》杂志始终坚守面向老年人群体的这一办刊宗旨，无论是刊物名称，还是用稿取向，始终做到牢记使命，初心不改。早几年，网络媒体特别是自媒体的兴起，纸媒受到强烈冲击，有人建议，改掉《老年人》这个刊名，取一个大众化的名字，以此扩大读者群体。但《老年人》杂志社的同志们没有接受这个意见，始终守住了"老年人"这个根，他们觉得如果离开了这个根，《老年人》杂志就成了海面上漂流的浮萍。正因为守住了这个"根"，在纸媒普遍不太景气的大背景下，《老年人》杂志却保持了 20 多万份的订阅量，实属难能可贵。

耦合性。这种耦合既体现在守成与创新的耦合，又体现在内容与形式的耦合，比如《老年人》杂志刊登的文章，内容新颖，给人以语感和文体的美，但又规避了那种所谓的"文学性"的自说自话式的过于晦涩的语言表达，适合大众化阅读，既守护了中国千古文章"文以载道"的灵魂，又彰显了传统文化的语境和美感。《老年人》杂志的这种耦合性，更体现在版式设计上，每篇文章都配有精美的插图，这些插图，既有来自生活中的照片，还有漫画、国画、油画、素描，这在某种程度上非常契合老年人的阅读养成。我们这个年纪的人，都有这样一种阅读记忆，青少年时代，读过诸如《创业史》《金光大道》《山乡巨变》等作品，里面那些栩栩如生的插图，至今让我记忆犹新。而且我们的阅读，大都是从看连环画起步的。《老年人》的插图，将国画、素描、连环画等传统元素融入版式设计中，唤起了我们儿时或青春的记忆，读来倍感亲切。这种融传统绘画与现代手法于一体的版式设计，在我近些年阅读过的纸媒读物中，几乎很少见到。纸媒与音频音像制品的融合，则更加推动了刊物的普及推广，扩大了刊物和作品的知晓度。我写作的《夏明翰一家何以走出五名英烈》，假如我给自己打分的话，可以打到 60 分，但通过湖南师大雍涛老师浑厚深沉、声情并茂的朗读，给人感觉至少可以打到 90 分。

《老年人》杂志的优点和特色还很多，比如编辑的无私敬业、文风的朴实严谨、出刊投递的准时无误等等，在此也就不一一列举。那么，是不是说这本刊物就是完美无缺了呢？当然也不是。任何事物，没有最好，只有更好。如何做到更好？老朽不才，略呈浅见。

拓展文字服务领域。现在中国老年人是个庞大的群体。美国两个 80 多岁的老头尚在争夺世界最强盛国家的总统宝座，我们这些刚刚从工作岗位退下来或退下来才几年十几年的人，离 80 岁还早得很呢。我们中人，壮心不已者大有人在。那么，具有文字特质又是全省唯一的老年平台，那就大有文章可做，比如，我们许多的老同志从机关干部、教师、医生等岗位退下来，喜欢写些回忆文章，写些散文随笔，作些诗词歌赋，但又苦于发表的媒体太少，我们的《老年人》杂志是不是可以扩充版面，或者以增刊的形式，给他们更多展示的机会呢？我们许多老同志多才多艺，书法美术颇有造诣，我们的《老年人》杂志是不是可以开辟一些老年人才艺展示的栏目，刊登他们的作品呢？我们许多老同志退下来以后，回忆自己的一生，希望给子女留下一笔精神财富，写下了一本厚厚的回忆录，但又苦于出不起那笔昂贵的"书号费"，我们的《老年人》杂志是不是可以为他们提供出版的便利呢？

文学性可以更强一些。有人说，手机微信、视频号、抖音出现后，中国已经走向了全民创作的时代，这话是有一定道理的。因为我们每一个人在微信的使用过程中，在视频、抖音的制作过程中，都离不开语言文字的表达，这在某种程度上，对每个人的文字表达能力都是一个极大的提升。久而久之，他们对某一事物的描述，就是一篇精彩的诗歌或者散文。比如我的朋友圈中就有一位这样的圈友，虽然只有初中文化，但特别喜欢在朋友圈晒吃过的美食、养育的花草、游览的风景，那描述的文笔还真不亚于某些作家的水平。这就让我们得到一点启示，中国写作的人多起来了。但现在全国几乎没有一家老年文学刊物，青年群体有《青年文学》《青年作家》《青春》等，儿童群体有《儿童文学》《小溪流》《小蜜蜂》等，妇女群体有《知音》《女性》《爱尔等，都在数十家以上，是不是老年写作人才匮乏呢？绝对不是，相对于童年、青年、妇女等群体，老年写作人才可以说更多。因此，在没有老年文学刊物的情况下，《老年人》杂志是不是可以进一步凸显"老年人写、写老年人"的办刊理念，增强刊物的文学性，肩负起"老年文学"杂志这个重任呢。

简朴中呈现厚重。无论是文字编辑，还是版式编排，《老年人》杂志已经做得够好了，但一定要避免当下许多刊物标新立异、花里胡哨的走向，老年人历经沧桑，"豪华落尽见真淳"，他们的阅读更喜欢简朴中的厚重，文字编辑是这样，版式铺陈更应如此。

法国雕塑艺术家奥古斯特·罗丹说，老年是一种力量，源自对生活的热爱和对未来的信心。从事《老年人》杂志的事业，就是给人力量和信心的事业，《老年人》杂志就像一棵参天的大树，我们每一个编辑、通讯员以及所有的老年人朋友，就是这力量和信心的源泉。让我们以一颗赤诚之心，掬一捧清泉，共同来浇灌这棵给人信心和力量的参天大树吧。

刊发于 2024 年第 9 期《老年人》杂志

文学与人生

文学是一种高雅的博大精深的艺术形式，它与人生的关系密不可分，能够凝聚力量、增益心智、抚慰心灵，对人的思想情感、理想信念、道德修养产生潜移默化的作用和影响。古今中外文学作品浩如烟海，每个人能够认知的只是沧海一粟，但只要阅读文学作品，必将使我们受益终身。

文学愉悦身心

文学是精神产品，它最直接的作用是带给人的身心愉悦和精神自由，会让接受者产生生理和心理上的快乐感，带给我们耐人品味的丰富想象和创造的乐趣。我们的生活中常常遇到这样一种情况，当你精神感到空虚、人生感到压抑的时候，读一篇脍炙人口的小说，朗诵一首意境丰满的诗歌，你的心灵立时会进入一种安逸和宁静的状态，生活的失意和烦恼顿时烟消云散，心身感到前所未有的轻松和惬意。

当然，我们也应该看到，市场化的写作往往把娱乐功能发挥到极致，有段时间，色情、暴力、凶杀等文学作品充斥网络和图书市场，导致阅读者精神萎靡颓废，直至娱乐至死。文学应该有它的精神内涵和终极关怀，有它应有的审美取向和道德底线。我们政府部门要履行意识形态的政治责任强化监管，作为我们每一个有良知的作家和作者，更应该严守职业道德，认真严肃地对待这一问题。

文学传承历史

文学是一个时期一定地域社会生活的综合反映，即使是个人情感的表达，也是社会生活的条件反射。任何一个作家，都不可能脱离自身生存环境对其创作产生的影响；任何一部文学作品，即使是虚构，没有特定的人物事件指向，都离不开时代的现实表达。我们读路遥的《平凡的世界》，就能感受到改革开放前后农村青年的艰辛、追求与奋斗的人物形象；读梁晓声的《在人间》，一个特殊时期的苦难，人性的复杂、责任以及人与人之间的温暖便会直达我们的心灵；即使像清代作家蒲松龄笔下《聊斋志异》这样虚构甚至魔幻的作品，也能让我们感受到当时社会的黑暗、人们的苦难与期盼。在某种意义上来讲，文学就是历史的记录与表达。如果我们能够拿起笔来，用文学的形式，把我们经历的风雨和奋斗记录下来，把我们的感动和悲伤抒发出来，对于传承国家、民族、家庭以及个人的历史，都是一件非常有意义的事情。

文学成就事业

文学是人类生存、活动、交往和展示自己充沛情感的教科书，它开启心智，砥砺品行，成就事业。

升华思想。文学作品寄托着作家的信仰和人生态度，渗透着作家的主观价值取向。一个著名的文学家在某种意义上说就是著名的思想家，一部文学名著无不闪烁出思想的火花。阅读文学作品是思想形成的有效途径，古今中外，无数成功人士甚至伟人，大都没有离开过文学的熏陶，都有深厚的文学造诣。毛泽东诗词堪称一流，其政论散文更是文学的典范。丘吉尔也是著名的文学家。阅读和创作文学作品，对于升华人的思想有着不可替代的作用。

提升品位。古人说，腹有诗书气自华。文学通过艺术形象和艺术创造，潜移默化、润物细无声地影响人的心地和灵魂，阅读大量的文学作品，从事一些写作活动，会使你的词汇变得丰富，语言表达更加生动，事物描述更加形象。我们常常可以看到，无论是朋友聚会还是同事之间的交谈，有的人名言警句随口道来，历史典故信手拈来，吐词丰富多彩，讲话文采飞扬，行为举止优雅，人生由此多姿多彩、有滋有味。可以肯定，这样的人一定阅读过不少的文学作品。

增强能力。一是增强写作能力。在数十年领袖生涯中，毛主席的讲话稿都是自己动笔撰写，就连新闻稿也成为经典，这与主席的文学阅读与写作是分不开的。二是增强语言表达能力。有的人口若悬河、滔滔不绝，有的人茶壶里煮饺子——有话说不出，说出来了也是毫无生趣，其根本区别就在于读书太少，胸无点墨，尤其是阅读文学书籍不多。三是增强逻辑思维能力。文学作品通过缜密的语言组织、文章的框架构建，能促进人的逻辑思维的提升。四是增强处理复杂问题的能力。一切成功的文学作品，尤其是小说作品，往往充满矛盾斗争的场景构建，阅读一个好的文学作品，往往能学到许多解决问题、化解矛盾的能力。毛泽东给许世友推荐《红楼梦》，通过开展文学阅读解决现实社会中的矛盾和问题。

本文系在衡阳市老年大学文学公开课讲稿摘选，刊发于2023年7月10日《衡阳晚报》，发表的标题为《文学功能与作用的直观表达》

聚焦叙事形态下的散文创作（跋）

回瞻 40 年的码字生涯，除了中途二十多年从事行政管理工作，主要从事一些政论文写作之外，创作的文体似乎没有主攻方向，小说、散文、报告文学"三驾马车"齐头并进，最初的创作更是杂陈，曲艺、诗歌、童话、寓言、新闻通讯，发表为王道，有了什么素材，来了什么灵感，就涂鸦什么，写完就往刊物投。

那时在一所偏远的乡村学校任教，见到的书报资料太少，信息来源的渠道也是很窄，只能是依据当年群众文化的需求和刊物用稿的导向作一些文字的表达。到 1990 年调到机关工作，便主要是在小说、散文、报告文学三大板块之间游离，由此相互牵制和影响，也便决定了我以叙事散文创作为主体文本的基本特质。

退居工作岗位重拾文学梦，读了一些严肃文学刊物的作品，那种语言的诗意灵动、环境描写的新颖独特，我开始怀疑，自己写下的这些文字究竟属不属于散文，我曾跟一位文学刊物的编辑聊过，他说在一些报刊登载的一些"心灵鸡汤"式的文章，并且点到发行量居高不下的某著名刊物，那上面刊载的文章根本就算不上严肃文学作品。

对自己创作的散文，倒不认为就是纯粹的"鸡汤"，无论写人状物，也有一些细节的描写和手法的创新，也有一些深层的文化思考，只是感觉自己的散文没有摆脱小说与报告文学的表达方式，通篇都是以叙述的铺陈发自内心的表达。

直至最近，听到湖南省作家协会副主席沈念老师在《南方周末》开的文学讲座课，才对自己的散文平添了一份底气。沈念老师谈了他自己的创作经历，从事二十多年文学创作，发表了两百多万字的作品，也一直是小说与散文齐头并进，受小说创作的影响，散文的文体也大都是叙事散文。沈念老师通过列举鲁迅、汪曾祺、刘亮程等著名作家的散文作品，讲到散文创作运用"我"的语言进行抒情、写景、状物，还特别提到创新叙事的手法，发掘叙事的价值，推进叙事散文创新的表达突破。由此，我也便对自己的叙事散文创作多了一份自信，也明确了未来所要努力的方向。

真正算起来，散文创作应该是我坚持时间最久、创作作品篇数较多的一种文体，即便是在我走向行政管理岗位的二十多年，间或也是写过几篇散文作品的，比如《丙辰纪事》《乡土脊梁》等，偶尔还结合工作，写过类似于散文与杂文之间的文章，大体也就是散的文笔杂文的形式吧。最近又看到一些严肃文学刊物推出一种跨文体写作，似乎更接近于我的散文写作。

这次收入散文集《竹园书韵》的散文作品共 47 篇，我把它分为五个章节，包括《人间万象》《心路旅程》《风物素描》《往事回眸》《文坛佳话》。其实，也没有严格的区分，只是大概的理清一个思路吧。

这本散文集的书名《竹园书韵》是长江文艺出版社陈彦玲老师取的，她看了我的书稿，大概是看到有两篇叫作《竹园》和《书韵》的散文，便融合到一起，想出了《竹园书韵》的书名。在我的青少年时代，我老家的房屋旁边是有一个小小的竹园，类似于鲁迅先生童年时代的《百草园》吧，在我读书写作甚或劳作太累的时候，便常常在竹园下歇息散步，寻觅创作的灵感，很是有过一段美好的时光。那么《书韵》呢，这是一篇纪实散文，写的是一位老干部退休以后创办"自学书屋"的故事。两者结合起来作为这本散文集的书名，似乎还有其深刻的内涵和韵味。在此，谨向陈彦玲老师表示诚挚的感谢！

散文是一种随意随性的文体，侧重于个人的情感体验和表达，我看许多的小说家、诗人在主攻一种文体创作的同时，都曾兼顾或者说不由自主地创作过散文，尤其在他们的创作晚期。我想，随着年龄的增长，我会逐步地放弃报告文学的写作，因为那是需要太多的时间采访的，小说与散文将是我创作的主体，只要身体能够坚持下去，散文创作定将成为我毕生的追求，无关功名，只是心身的沉醉和愉悦。

在本书编辑出版过程中，得到了诸位师友的关心支持，湖南文艺出版社社长、湖南省诗歌学会副会长、书法家陈新文先生欣然题写书名；长江文艺出版社首席编辑、国家"五个一"工程奖获得者陈彦玲女士为本书的编辑出版提出宝贵意见；本书责任编辑傅晓红老师认真审稿，精益求精，让我十分感动。在此，一并表示诚挚的感谢和崇高的敬意！

2025 年 2 月